切抜絵・高村智恵子

新 潮 文 庫

智 恵 子 抄

高村光太郎著

新 潮 社 版

988

目次

智恵子抄

人に

いやなんです
あなたのいつてしまふのが――
花よりさきに実のなるやうな
種子《たね》よりさきに芽の出るやうな
夏から春のすぐ来るやうな
そんな理窟《りくつ》に合はない不自然を
どうかしないでゐて下さい
型のやうな旦那さまと
まるい字をかくそのあなたと

かう考へてさへなぜか私は泣かれます
小鳥のやうに臆病《おくびやう》で
大風のやうにわがままな
あなたがお嫁にゆくなんて

いやなんです
あなたのいつてしまふのが――

なぜさうたやすく
さあ何といひませう――まあ言はば
その身を売る気になれるんでせう
あなたはその身を売るんです
一人の世界から
万人の世界へ
そして男に負けて

無意味に負けて
ああ何といふ醜悪事でせう
まるでさう
チシアンの画いた絵が
鶴巻町へ買物に出るのです
私は淋しい　かなしい
何といふ気はないけれど
ちやうどあなたの下すつた
あのグロキシニヤの
大きな花の腐つてゆくのを見る様な
私を棄てて腐つてゆくのを見る様な
空を旅してゆく鳥の
ゆくへをぢつとみてゐる様な
浪《なみ》の砕けるあの悲しい自棄のこころ
はかない　淋しい　焼けつく様な

——それでも恋とはちがひます
サンタマリア
ちがひます　ちがひます
何がどうとはもとより知らねど
いやなんです
あなたのいつてしまふのが——
おまけにお嫁にゆくなんて
よその男のこころのままになるなんて

明治四五・七

或《あ》る夜のこころ

七月の夜の月は
見よ、ポプラアの林に熱を病めり
かすかに漂ふシクラメンの香りは
言葉なき君が唇《くちびる》にすすり泣けり
森も、道も、草も、遠き街《ちまた》も
いはれなきかなしみにもだえて
ほのかに白き溜息《ためいき》を吐けり
ならびゆくわかき二人は
手を取りて黒き土を踏めり
みえざる魔神はあまき酒を傾け
地にとどろく終列車のひびきは人の運命をあざわらふに似たり
魂はしのびやかに痙攣《けいれん》をおこし

印度更紗《サラサ》の帯はやや汗ばみて
拝火教徒の忍黙をつづけむとす
こころよ、こころよ
わがこころよ、めざめよ
君がこころよ、めざめよ
こはなに事を意味するならむ
断ちがたく、苦しく、のがれまほしく
又あまく、去りがたく、堪へがたく――
こころよ、こころよ
病の床を起き出でよ
そのアッシシユの仮睡をふりすてよ
されど眼に見ゆるもの今はみな狂ほしきなり
七月の夜の月も
見よ、ポプラアの林に熱を病めり
やみがたき病よ

わがこころは温室の草の上
うつくしき毒虫の為にさいなまる
こころよ、こころよ
——あはれ何を呼びたまふや
今は無言の領する夜半なるものを——

大正元・八

涙

世は今、いみじき事に悩み
人は日比谷に近く夜ごとに集ひ泣けり
われら心の底に涙を満たして
さりげなく笑みかはし
松本楼の庭前に氷菓を味へば
人はみな、いみじき事の噂《うはさ》に眉をひそめ
かすかに耳なれたる鈴の音す
われら僅《わづ》かに語り
痛く、するどく、つよく、是非なき
夏の夜の氷菓のこころを嘆き
つめたき銀器をみつめて
君の小さき扇をわれ奪へり

君は暗き路傍に立ちてすすり泣き
われは物言はむとして物言はず
路ゆく人はわれらを見て
かのいみじき事に祈りするものとなせり
あはれ、あはれ
これもまた或るいみじき歎《なげ》きの為めなれば
よしや姿は艶に過ぎたりとも
人よ、われらが涙をゆるしたまへ

大正元・八

おそれ

いけない、いけない
静かにしてゐる此の水に手を触れてはいけない
まして石を投げ込んではいけない
一滴の水の微顫《びせん》も
無益な千万の波動をつひやすのだ
水の静けさを貴んで
静寂の価《あたひ》を量らなければいけない

あなたは其のさきを私に話してはいけない
あなたの今言はうとしてゐる事は世の中の最大危険の一つだ
口から外へ出さなければいい
出せば則《すなは》ち雷火である

あなたは女だ
男のやうだと言はれても矢張女だ
あの蒼黒《あをぐろ》い空に汗ばんでゐる円い月だ
世界を夢に導き、刹那《せつな》を永遠に置きかへようとする月だ
それでいい、それでいい
その夢を現《うつつ》にかへし
永遠を刹那にふり戻してはいけない
その上
この澄みきつた水の中へ
そんなあぶないものを投げ込んではいけない

私の心の静寂は血で買つた宝である
あなたには解りやうのない血を犠牲にした宝である
この静寂は私の生命《いのち》であり
この静寂は私の神である

しかも気むつかしい神である
夏の夜の食慾にさへも
尚ほ烈しい擾乱《ぜうらん》を惹き起すのである
あなたはその一点に手を触れようとするのか

いけない、いけない
あなたは静寂の価を量らなければいけない
さもなければ
非常な覚悟をしてかからなければいけない
その一個の石の起す波動は
あなたを襲つてあなたをその渦中に捲《ま》き込むかもしれない
百千倍の打撃をあなたに与へるかも知れない
あなたは女だ
これに堪へられるだけの力を作らなければいけない
それが出来ようか

あなたは其のさきを私に話してはいけない
いけない、いけない

御覧なさい
煤烟《ばいえん》と油じみの停車場も
今は此の月と少し暑くるしい靄《もや》との中に
何か偉大な美を包んでゐる宝蔵のやうに見えるではないか
あの青と赤とのシグナルの明りは
無言と送目との間に絶大な役目を果たし
はるかに月夜の情調に歌をあはせてゐる
私は今何かに囲まれてゐる
或る雰囲気に
或る不思議な調節を司《つかさど》る無形な力に
そして最も貴重な平衡を得てゐる
私の魂は永遠をおもひ

私の肉眼は万物に無限の価値を見る
しづかに、しづかに
私は今或る力に絶えず触れながら
言葉を忘れてゐる

いけない、いけない
静かにしてゐる此の水に手を触れてはいけない
まして石を投げ込んではいけない

大正元・八

からくりうた

（覗《のぞ》きからくりの絵の極めてをさなきをめづ）

国はみちのく、二本松のええ
赤の煉瓦《れんぐわ》の
酒倉越えて
酒の泡からひよつこり生れた
酒のやうなる
よいそれ、女が逃げたええ
逃げたそのさきや吉祥寺
どうせ火になる吉祥寺
阿武隈《あぶくま》川のええ
水も此の火は消せなんだとねえ

酒と水とは、つんつれ
ほんに敵同志《かたき》ぢやええ
酒とねえ、水とはねえ

大正元・八

或《あ》る宵《よひ》

瓦斯《ガス》の暖炉に火が燃える
ウウロン茶、風、細い夕月
――それだ、それだ、それが世の中だ
彼等の欲する真面目とは礼服の事だ
人工を天然に加へる事だ
直立不動の姿勢の事だ
彼等は自分等のこころを世の中のどさくさまぎれになくしてしまつた
曾《かつ》て裸体のままでゐた冷暖自知の心を――
あなたは此《これ》を見て何も不思議がる事はない
それが世の中といふものだ
心に多くの俗念を抱いて

眼前咫尺《しせき》の間を見つめてゐる厭《いや》な冷酷な人間の集りだ
それ故、真実に生きようとする者は
――むかしから、今でも、このさきも――
却て真摯《しんし》でないとせられる
あなたの受けたやうな迫害をうける
卑怯《ひけふ》な彼等は
又誠意のない彼等は
初め驚異の声を発して我等を眺め
ありとある雑言を唄って彼等の閑《ひま》な時間をつぶさうとする
誠意のない彼等は事件の人間をさし置いて唯《ただ》事件の当体をいぢくるばかりだ
いやしむべきは世の中だ
愧《は》づべきは其の渦中の矮人《わいじん》だ
我等は為《な》すべき事を為し
進むべき道を進み
自然の掟《おきて》を尊んで

行住坐臥《ぎやうぢゆうざぐわ》我等の思ふ所と自然の定律と相もとらない境地に到らなければな
　らない
最善の力は自分等を信ずる所にのみある
蛙のやうな醜い彼等の姿に驚いてはいけない
むしろ其の姿にグロテスクの美を御覧なさい
我等はただ愛する心を味へばいい
あらゆる紛糾を破つて
自然と自由とに生きねばならない
風のふくやうに、雲の飛ぶやうに
必然の理法と、内心の要求と、叡智《えいち》の暗示とに嘘がなければいい
自然は賢明である
自然は細心である
半端物のやうな彼等のために心を悩ますのはお止《よ》しなさい
さあ、又銀座で質素な飯《めし》でも喰ひませう

大正元・一〇

梟《ふくろふ》の族

ぼろすけぼうぼう——
——聞いたか、聞いたか

軽くして責なき人の口の端
森のくらやみに住む梟の黒き毒に染みたるこゑ
街《ちまた》と木木《きぎ》とにひびき
わが耳を襲ひて堪へがたし
わが耳は夜陰に痛みて
心にうつる君が影像を悲しみ窺《うかが》ふ
かろくして責なきは
あしき鳥の性《さが》なり

――きいたか、きいたか
ぼろすけぼうぼう――

おのが声のかしましき反響によろこび
友より友に伝説をつたへてほこる
梟の族、あしきともがら
われは彼等よりも強しとおもへど
彼等はわれよりも多弁にして
暗示に富みたる眼と、物を蔵する言語とを有せり
さればかろくして責なき
その声のひびきのなやましさよ
聞くに堪へざる俗調は
君とわれとの心を取りて不倫と滑稽《こっけい》との境に擬せむとす
のろはれたるもの
梟の族、あしきともがらよ

されどわが心を狂ほしむるは
むしろかかるおろかしきなやましさなり
声は又も来る、又も来る
――きいたか、きいたか
ぼろすけぼうぼう――

大正元・一〇

郊外の人に

わがこころはいま大風《おほかぜ》の如く君にむかへり
愛人よ
いまは青き魚《さかな》の肌にしみたる寒き夜もふけ渡りたり
されば安らかに郊外の家に眠れかし
をさな児のまことこそ君のすべてなれ
あまり清く透きとほりたれば
これを見るもの皆あしきこころをすてけり
また善きと悪しきとは被《おほ》ふ所なくその前にあらはれたり
君こそは実《げ》にこよなき審判官《さばきのつかさ》なれ
汚れ果てたる我がかずかずの姿の中に
をさな児のまこともて
君はたふとき吾がわれをこそ見出《みい》でつれ

君の見いでつるものをわれは知らず
ただ我は君をこよなき審判官《さばきのつかさ》とすれば
君によりてこころよろこび
わがしらぬわれの
わがあたたかき肉のうちに籠《こも》れるを信ずるなり
冬なれば欅《けやき》の葉も落ちつくしたり
音もなき夜なり
わがこころはいま大風の如く君に向へり
そは地の底より湧《わ》きいづる貴くやはらかき温泉《いでゆ》にして
君が清き肌のくまぐまを残りなくひたすなり
わがこころは君の動くがままに
はね　をどり　飛びさわげども
つねに君をまもることを忘れず
　愛人よ
こは比《たぐ》ひなき命の霊泉なり

されば君は安らかに眠れかし
悪人のごとき寒き冬の夜なれば
いまは安らかに郊外の家に眠れかし
をさな児の如く眠れかし

大正元・一二

冬の朝のめざめ

冬の朝なれば
ヨルダンの川も薄く氷りたる可《べ》し
われは白き毛布に包まれて我が寝室《ねべや》の内にあり
基督《キリスト》に洗礼を施すヨハネの心を
ヨハネの首を抱きたるサロオメの心を
我はわがこころの中に求めむとす
冬の朝なれば街《ちまた》より
つつましくからころと下駄《げた》の音も響くなり
大きなる自然こそはわが全身の所有なれ
しづかに運《めぐ》る天行のごとく
われも歩む可し
するどきモツカの香りは

よみがへりたる精霊の如く眼をみはり
いづこよりか室の内にしのび入る
われは此の時
むしろ数理学者の冷静をもて
世人の形《かたち》づくる社会の波動にあやしき因律のめぐるを知る
起きよ我が愛人よ
冬の朝なれば
郊外の家にも鵯《ひよどり》は夙《つと》に来鳴く可し
わが愛人は今くろき眼を開《あ》きたらむ
をさな児のごとく手を伸ばし
朝の光りを喜び
小鳥の声を笑ふならむ
かく思ふとき
我は堪へがたき力の為めに動かされ
白き毛布を打ちて

愛の頌歌《ほめうた》をうたふなり
冬の朝なれば
こころいそいそと励み
また高くさけび
清らかにしてつよき生活をおもふ
青き琥珀《こはく》の空に
見えざる金粉ぞただよふなる
ポインタアの吠ゆる声とほく来《きた》れば
ものを求むる我が習癖はふるひ立ち
たちまちに又わが愛人を恋ふるなり
冬の朝なれば
ヨルダンの川に氷を嚙《か》まむ

大正元・一一

深夜の雪

あたたかいガスだんろの火は
ほのかな音を立て
しめきつた書斎の電燈は
しづかに、やや疲れ気味の二人を照す
宵《よひ》からの曇り空が雪にかはり
さつき牕《まど》から見れば
もう一面に白かつたが
ただ音もなく降りつもる雪の重さを
地上と屋根と二人のこころとに感じ
むしろ楽みを包んで軟かいその重さに
世界は息をひそめて子供心の眼をみはる
「これみや、もうこんなに積つたぜ」

と、にじんだ声が遠くに聞え
やがてぽんぽんと下駄《げた》の歯をはたく音
あとはだんまりの夜も十一時となれば
話の種さへ切れ
紅茶ものうく
ただ二人手をとつて
声の無い此の世の中の深い心に耳を傾け
流れわたる時間の姿をみつめ
ほんのり汗ばんだ顔は安らかさに満ちて
ありとある人の感情をも容易《たやす》くうけいれようとする
又ぽんぽんとはたく音の後から
車らしい何かの響き――
「ああ、御覧なさい、あの雪」
と、私が言へば
答へる人は忽《たちま》ち童話の中に生き始め

かすかに口を開いて
雪をよろこぶ
雪も深夜をよろこんで
数限りもなく降りつもる
あたたかい雪
しんしんと身に迫つて重たい雪が――

大正二・二

人に

遊びぢやない
暇つぶしぢやない
あなたが私に会ひに来る
——画もかかず、本も読まず、仕事もせず——
そして二日でも、三日でも
笑ひ、戯れ、飛びはね、又抱き
さんざ時間をちぢめ
数日を一瞬に果す

ああ、けれども
それは遊びぢやない
暇つぶしぢやない

充《み》ちあふれた我等の余儀ない命である
生である
力である
浪費に過ぎ過多に走るものの様に見える
八月の自然の豊富さを
あの山の奥に花さき朽ちる草草や
声を発する日の光や
無限に動く雲のむれや
ありあまる雷霆《らいてい》や
雨や水や
緑や赤や青や黄や
世界にふき出る勢力を
無駄づかひと何《ど》うして言へよう
あなたは私に躍り
私はあなたにうたひ

刻刻の生を一ぱいに歩むのだ
本を抛《なげう》つ刹那の私と
本を開く刹那の私と
私の量は同じだ
空疎な精励と
空疎な遊惰とを
私に関して聯想《れんさう》してはいけない
愛する心のはちきれた時
あなたは私に会ひに来る
すべてを棄て、すべてをのり超え
すべてをふみにじり
又嬉嬉《きき》として

大正二・二

人類の泉

世界がわかわかしい緑になつて
青い雨がまた降つて来ます
この雨の音が
むらがり起る生物のいのちのあらはれとなつて
いつも私を堪《たま》らなくおびやかすのです
そして私のいきり立つ魂は
私を乗り超え私を脱《のが》れて
づんづんと私を作つてゆくのです
いま死んで　いま生れるのです
二時が三時になり
青葉のさきから又も若葉の萌《も》え出すやうに
今日もこの魂の加速度を

自分ながら胸一ぱいに感じてゐました
そして極度の静寂をたもつて
ぢつと坐つてゐました
自然と涙が流れ
抱きしめる様にあなたを思ひつめてゐました
あなたは本当に私の半身です
あなたが一番たしかに私の信を握り
あなたこそ私の肉身の痛烈を奥底から分つのです
私にはあなたがある
あなたがある
私はかなり惨酷《ざんこく》に人間の孤独を味つて来たのです
おそろしい自棄《やけ》の境にまで飛び込んだのをあなたは知つて居ます
私の生《いのち》を根から見てくれるのは
私を全部に解してくれるのは
ただあなたです

私は自分のゆく道の開路者《ピオニエエ》です
私の正しさは草木の正しさです
ああ　あなたは其《それ》を生きた眼で見てくれるのです
もとよりあなたはあなたのいのちを持つてゐます
あなたは海水の流動する力をもつてゐます
あなたが私にある事は
微笑が私にある事です
あなたによつて私の生《いのち》は複雑になり　豊富になります
そして孤独を知りつつ　孤独を感じないのです
私は今生きてゐる社会で
もう万人の通る通路から数歩自分の道に踏み込みました
もう共に手を取る友達はありません
ただ互に或る部分を了解し合ふ友達があるのみです
私はこの孤独を悲しまなくなりました
此《これ》は自然であり　又必然であるのですから

そしてこの孤独に満足さへしようとするのです
けれども
私にあなたが無いとしたら――
ああそれは想像も出来ません
想像するのも愚かです
私にはあなたがある
あなたがある
そしてあなたの内には大きな愛の世界があります
私は人から離れて孤独になりながら
あなたを通じて再び人類の生きた気息《きそく》に接します
ヒユウマニテイの中に活躍します
すべてから脱却して
ただあなたに向ふのです
深いとほい人類の泉に肌をひたすのです
あなたは私の為めに生れたのだ

私にはあなたがある
あなたがある　あなたがある

大正二・三

僕　等

僕はあなたをおもふたびに
一ばんぢかに永遠を感じる
僕があり　あなたがある
自分はこれに尽きてゐる
僕のいのちと　あなたのいのちとが
よれ合ひ　もつれ合ひ　とけ合ひ
渾沌《こんとん》としたはじめにかへる
すべての差別見は僕等の間に価値を失ふ
僕等にとつては凡《すべ》てが絶対だ
そこには世にいふ男女の戦がない
信仰と敬虔《けいけん》と恋愛と自由とがある
そして大変な力と権威とがある

人間の一端と他端との融合だ
僕は丁度自然を信じ切る心安さで
僕等のいのちを信じてゐる
そして世間といふものを蹂躙《じうりん》してゐる
頑固《ぐわんこ》な俗情に打ち勝つてゐる
二人ははるかに其処《そこ》をのり超えてゐる
僕は自分の痛さがあなたの痛さである事を感じる
僕は自分のこころよさがあなたのこころよさである事を感じる
自分を恃《たの》むやうにあなたをたのむ
自分が伸びてゆくのはあなたが育つてゆく事だとおもつてゐる
僕はいくら早足に歩いてもあなたを置き去りにする事はないと信じ　安心し
　てゐる
僕が活力にみちてる様に
あなたは若若しさにかがやいてゐる
あなたは火だ

あなたは僕に古くなればなるほど新しさを感じさせる
僕にとつてあなたは新奇の無尽蔵だ
凡ての枝葉を取り去つた現実のかたまりだ
あなたのせつぷんは僕にうるほひを与へ
あなたの抱擁は僕に極甚《ごくじん》の滋味を与へる
あなたの冷たい手足
あなたの重たく　まろいからだ
あなたの燐光《りんくわう》のやうな皮膚
その四肢胴体をつらぬく生きものの力
此等はみな僕の最良のいのちの糧《かて》となるものだ
あなたは僕をたのみ
あなたは僕に生きる
それがすべてあなた自身を生かす事だ
僕等はいのちを惜しむ
僕等は休む事をしない

僕等は高く　どこまでも高く僕等を押し上げてゆかないではゐられない
伸びないでは
大きくなりきらないでは
深くなり通さないでは
――何といふ光だ　何といふ喜だ

大正二・一二

愛の嘆美

底の知れない肉体の慾は
あげ潮どきのおそろしいちから――
なほも燃え立つ汗ばんだ火に
　火竜《サラマンドラ》はてんてんと躍る

ふりしきる雪は深夜に婚姻飛揚《ヴォル・ニュプシアル》の宴《うたげ》をあげ
寂寞《じゃくまく》とした空中の歓喜をさけぶ
われらは世にも美しい力にくだかれ
このとき深密《じんみつ》のながれに身をひたして
いきり立つ薔薇《ばら》いろの靄《もや》に息づき
因陀羅網《いんだらまう》の珠玉に照りかへして
われらのいのちを無尽に鋳《い》る

冬に潜む揺籃《えうらん》の魔力と
冬にめぐむ下萌《したもえ》の生熱と――
すべての内に燃えるものは「時」の脈搏《みやくはく》と共に脈うち
われらの全身に恍惚《くわうこつ》の電流をひびかす

われらの皮膚はすさまじくめざめ
われらの内臓は生存の喜にのたうち
毛髪は蛍光《けいくわう》を発し
指は独自の生命を得て五体に匍《は》ひまつはり
道《ことば》を蔵した渾沌《こんとん》のまことの世界は
たちまちわれらの上にその姿をあらはす

光にみち
幸にみち

あらゆる差別は一音にめぐり
毒薬と甘露とは其の筐《はこ》を同じくし
堪へがたい疼痛《とうつう》は身をよぢらしめ
極甚の法悦は不可思議の迷路を輝かす

われらは雪にあたたかく埋もれ
天然の素中《そちゆう》にとろけて
果てしのない地上の愛をむさぼり
はるかにわれらの生《いのち》を讃《ほ》めたたへる

大正三・二

晩《ばん》餐《さん》

暴風《しけ》をくらつた土砂ぶりの中を
ぬれ鼠《ねずみ》になつて
買つた米が一升
二十四銭五厘だ
くさやの干《ひ》ものを五枚
沢庵《たくあん》を一本
生姜《しやうが》の赤漬《あかづけ》
玉子は鳥屋《とや》から
海苔《のり》は鋼鉄をうちのべたやうな奴
薩摩《さつま》あげ
かつをの塩辛

湯をたぎらして
餓鬼道のやうに喰《くら》ふ我等の晩餐

ふきつのる嵐《あらし》は
瓦《かはら》にぶつけて
家鳴《やなり》震動のけたたましく
われらの食欲は頑健《ぐわんけん》にすすみ
ものを喰らひて己《おの》が血となす本能の力に迫られ
やがて飽満の恍惚《くわうこつ》に入れば
われら静かに手を取つて
心にかぎりなき喜を叫び
かつ祈る
日常の瑣事《さじ》にいのちあれ
生活のくまぐまに緻密《ちみつ》なる光彩あれ
われらのすべてに溢《あふ》れこぼるるものあれ

われらつねにみちよ
われらの晩餐は
嵐よりも烈《はげ》しい力を帯び
われらの食後の倦怠《けんたい》は
不思議な肉慾をめざましめて
豪雨の中に燃えあがる
われらの五体を讃嘆せしめる
まづしいわれらの晩餐はこれだ

大正三・四

淫《いん》心《しん》

をんなは多淫
われも多淫
飽かずわれらは
愛慾に光る
縦横無礙《むげ》の淫心
夏の夜の
むんむんと蒸しあがる
瑠璃《るり》黒漆の大気に
魚鳥と化して躍る
つくるなし

われら共に超凡
すでに尋常規矩《きく》の網目を破る
われらが力のみなもとは
常に創世期の混沌《こんとん》に発し
歴史はその果実に生きて
その時劫《こふ》を滅す
されば
人間世界の成壊は
われら現前の一点にあつまり
われらの大は無辺際に充ちる
淫心は胸をついて
われらを憤《いきどほ》らしめ
万物を拝せしめ
肉身を飛ばしめ

われら大声を放つて
無二の栄光に浴す

をんなは多淫
われも多淫
淫をふかめて往くところを知らず
万物をここに持す
われらますます多淫
地熱のごとし
烈烈――

大正三・八

樹下の二人

――みちのくの安達が原の二本松松の根かたに人立てる見ゆ――

あれが阿多多羅山《あたたらやま》、
あの光るのが阿武隈川《あぶくま》。

かうやつて言葉すくなに坐つてゐると、
うつとりねむるやうな頭の中に、
ただ遠い世の松風ばかりが薄みどりに吹き渡ります。
この大きな冬のはじめの野山の中に、
あなたと二人静かに燃えて手を組んでゐるよろこびを、
下を見てゐるあの白い雲にかくすのは止しませう。

あなたは不思議な仙丹《せんたん》を魂の壺《つぼ》にくゆらせて、
ああ、何といふ幽妙な愛の海ぞこに人を誘ふことか、
ふたり一緒に歩いた十年の季節の展望は、
ただあなたの中に女人の無限を見せるばかり。
無限の境に烟るものこそ、
こんなにも情意に悩む私を清めてくれ、
こんなにも苦渋を身に負ふ私に爽《さはや》かな若さの泉を注いでくれる、
むしろ魔もののやうに捉《とら》へがたい
妙に変幻するものですね。

あれが阿多多羅山、
あの光るのが阿武隈川。

ここはあなたの生れたふるさと、
あの小さな白壁の点点があなたのうちの酒庫《さかぐら》。

それではのびのびと投げ出して、
このがらんと晴れ渡つた北国《きたぐに》の木の香に満ちた空気を吸はう。
あなたそのもののやうなこのひいやりと快い、
すんなりと弾力ある雰囲気に肌を洗はう。
私は又あした遠く去る、
あの無頼の都、混沌《こんとん》たる愛憎の渦の中へ、
私の恐れる、しかも執着深いあの人間喜劇のただ中へ。
ここはあなたの生れたふるさと、
この不思議な別箇の肉身を生んだ天地。
まだ松風が吹いてゐます、
もう一度この冬のはじめの物寂しいパノラマの地理を教へて下さい。

あれが阿多多羅山、
あの光るのが阿武隈川。

大正一二・三

狂奔する牛

ああ、あなたがそんなにおびえるのは
今のあれを見たのですね。
まるで通り魔のやうに、
この深山のまきの林をとどろかして、
この深い寂寞《じやくまく》の境にあんな雪崩《なだれ》をまき起して、
今はもうどこかへ往《い》つてしまつた
あの狂奔する牛の群を。

今日はもう止しませう、
画きかけてゐたあの穂高の三角の尾根に
もうテル　ヴエルトの雲が出ました。
槍《やり》の氷を溶かして来る

あのセルリヤンの梓川《あづさがは》に
もう山山がかぶさりました。
谷の白楊《はくやう》が遠く風になびいてゐます。
今日はもう画くのを止して
この人跡たえた神苑《しんゑん》をけがさぬほどに
又好きな焚火《たきび》をしませう。
天然がきれいに掃き清めたこの苔《こけ》の上に
あなたもしづかにおすわりなさい。

あなたがそんなにおびえるのは
どつと逃げる牝牛の群を追ひかけて
ものおそろしくも息せき切つた、
血まみれの、若い、あの変貌《へんばう》した牡牛をみたからですね。
けれどこの神神《かうがう》しい山上に見たあの露骨な獣性を
いつかはあなたもあはれと思ふ時が来るでせう、

もつと多くの事をこの身に知つて、
いつかは静かな愛にほほゑみながら――

大正一四・六

金

工場の泥《どろ》を凍らせてはいけない。
智恵子よ、
夕方の台所が如何に淋しからうとも、
石炭は焚《た》かうね。
寝部屋の毛布が薄ければ、
上に坐蒲団《ざぶとん》をのせようとも、
夜明けの寒さに
工場の泥を凍らせてはいけない。
私は冬の寝ずの番、
水銀柱の斥候《ものみ》を放つて、
あの北風に逆襲しよう。
少しばかり正月が淋しからうとも、

智恵子よ、
石炭は焚かうね。

大正一五・二

鯰《なまづ》

盥《たらひ》の中でぴしやりとはねる音がする。
夜が更けると小刀の刃が冴《さ》える。
木を削るのは冬の夜の北風の為事《しごと》である。
煖炉《だんろ》に入れる石炭が無くなつても、
鯰よ、
お前は氷の下でむしろ莫大《ばくだい》な夢を食ふか。
檜の木片《こつぱ》は私の眷族《けんぞく》、
智恵子は貧におどろかない。
鯰よ、
お前の鰭《ひれ》に剣があり、
お前の尻尾に触角があり、
お前の鰓《あぎと》に黒金の覆輪があり、

さうしてお前の楽天にそんな石頭があるといふのは、
何と面白い私の為事への挨拶《あいさつ》であらう。
風が落ちて板の間に蘭の香《にほ》ひがする。
智恵子は寝た。
私は彫りかけの鯰を傍へ押しやり、
研水《とみづ》を新しくして
更に鋭い明日の小刀を瀏瀏《りうりう》と研ぐ。

大正一五・二

夜の二人

私達の最後が餓死であらうといふ予言は、
しとしとと雪の上に降る霙《みぞれ》まじりの夜の雨の言つた事です。
智恵子は人並はづれた覚悟のよい女だけれど
まだ餓死よりは火あぶりの方をのぞむ中世期の夢を持つてゐます。
私達はすつかり黙つてもう一度雨をきかうと耳をすましました。
少し風が出たと見えて薔薇《ばら》の枝が窓硝子に爪を立てます。

大正一五・三

あなたはだんだんきれいになる

をんなが附属品をだんだん棄てると
どうしてこんなにきれいになるのか。
年で洗はれたあなたのからだは
無辺際を飛ぶ天の金属。
見えも外聞もてんで歯のたたない
中身ばかりの清冽《せいれつ》な生きものが
生きて動いてさつさつと意慾する。
をんながをんなを取りもどすのは
かうした世紀の修業によるのか。
あなたが黙つて立つてゐると
まことに神の造りしものだ。
時時内心おどろくほど

あなたはだんだんきれいになる。

昭和二・一

あどけない話

智恵子は東京に空が無いといふ、
ほんとの空が見たいといふ。
私は驚いて空を見る。
桜若葉の間に在るのは、
切つても切れない
むかしなじみのきれいな空だ。
どんよりけむる地平のぼかしは
うすもも色の朝のしめりだ。
智恵子は遠くを見ながら言ふ。
阿多多羅山《あたたらやま》の山の上に
毎日出てゐる青い空が
智恵子のほんとの空だといふ。
あどけない空の話である。

あどけない空の話である。

昭和三・五

同《どう》棲《せい》同類

――私は口をむすんで粘土をいぢる。
――智恵子はトンカラ機《はた》を織る。
――鼠《ねずみ》は床にこぼれた南京《ナンキン》豆を取りに来る。
――それを雀《すずめ》が横取りする。
――カマキリは物干し綱に鎌を研ぐ。
――蠅《はへ》とり蜘《ぐ》蛛《も》は三段飛。
――かけた手拭《てぬぐひ》はひとりでじやれる。
――郵便物ががちやりと落ちる。
――時計はひるね。
――鉄瓶《てつびん》もひるね。
――芙《ふ》蓉《よう》の葉は舌を垂らす。
――づしんと小さな地震。

油蟬《あぶらぜみ》を伴奏にして
この一群の同棲同類の頭の上から
子午線上の大火団がまつさかさまにがつと照らす。

昭和三・八

美の監禁に手渡す者

納税告知書の赤い手触りが袂《たもと》にある、
やつとラヂオから解放された寒夜の風が道路にある。

売る事の理不尽、購《あがな》ひ得るものは所有し得る者、
所有は隔離、美の監禁に手渡すもの、我。

両立しない造形の秘技と貨幣の強引、
両立しない創造の喜と不耕貪食《どんしょく》の苦《にが》さ。

がらんとした家に待つのは智恵子、粘土、及び木片《こっぱ》、
ふところの鯛焼《たひやき》はまだほのかに熱い、つぶれる。

昭和六・三

人生遠視

足もとから鳥がたつ
自分の妻が狂気する
自分の着物がぼろになる
照尺距離三千メートル
ああこの鉄砲は長すぎる

昭和一〇・一

風にのる智恵子

狂つた智恵子は口をきかない
ただ尾長や千鳥と相図する
防風林の丘つづき
いちめんの松の花粉は黄いろく流れ
五月晴《さつきばれ》の風に九十九里の浜はけむる
智恵子の浴衣《ゆかた》が松にかくれ又あらはれ
白い砂には松露がある
わたしは松露をひろひながら
ゆつくり智恵子のあとをおふ
尾長や千鳥が智恵子の友だち
もう人間であることをやめた智恵子に
恐ろしくきれいな朝の天空は絶好の遊歩場

智恵子飛ぶ

昭和一〇・四

千鳥と遊ぶ智恵子

人つ子ひとり居ない九十九里の砂浜の
砂にすわつて智恵子は遊ぶ。
無数の友だちが智恵子の名をよぶ。
ちい、ちい、ちい、ちい、ちい――
砂に小さな趾《あし》あとをつけて
千鳥が智恵子に寄つて来る。
口の中でいつでも何か言つてる智恵子が
両手をあげてよびかへす。
ちい、ちい、ちい――
両手の貝を千鳥がねだる。
智恵子はそれをぱらぱら投げる。
群れ立つ千鳥が智恵子をよぶ。

ちい、ちい、ちい、ちい、ちい――
人間商売さらりとやめて、
もう天然の向うへ行つてしまつた智恵子の
うしろ姿がぽつんと見える。
二丁も離れた防風林の夕日の中で
松の花粉をあびながら私はいつまでも立ち尽す。

昭和一二・七

値《あ》ひがたき智恵子

智恵子は見えないものを見、
聞えないものを聞く。

智恵子は行けないところへ行き、
出来ないことを為《す》る。

智恵子は現身《うつしみ》のわたしを見ず、
わたしのうしろのわたしに焦がれる。

智恵子はくるしみの重さを今はすてて、
限りない荒漠《くわうばく》の美意識圏にさまよひ出た。

わたしをよぶ声をしきりにきくが、
智恵子はもう人間界の切符を持たない。

昭和一二・七

山麓《さんろく》の二人

二つに裂けて傾く磐梯《ばんだい》山の裏山は
険しく八月の頭上の空に目をみはり
裾野《すその》とほく靡《なび》いて波うち
芒《すすき》ぼうぼうと人をうづめる
半ば狂へる妻は草を藉《し》いて坐し
わたくしの手に重くもたれて
泣きやまぬ童女のやうに慟哭《どうこく》する
――わたしもうぢき駄目になる
意識を襲ふ宿命の鬼にさらはれて
のがれる途《みち》無き魂との別離
その不可抗の予感
――わたしもうぢき駄目になる

涙にぬれた手に山風が冷たく触れる
わたくしは黙つて妻の姿に見入る
意識の境から最後にふり返つて
わたくしに縋《すが》る
この妻をとりもどすすべが今は世に無い
わたくしの心はこの時二つに裂けて脱落し
闃《げき》として二人をつつむこの天地と一つになつた。

昭和一三・六

或《あ》る日の記

水墨の横ものを描きをへて
その乾くのを待ちながら立つてみて居る
上高地から見た前穂高の岩の幔幕《まんまく》
墨のにじんだ明神岳のピラミッド
作品は時空を滅する
私の顔に天上から霧がふきつけ
私の精神に些《いささ》かの条件反射のあともない
乾いた唐紙《からかみ》はたちまち風にふかれて
このお化屋敷の板の間に波をうつ
私はそれを巻いて小包につくらうとする
一切の苦難は心にめざめ
一切の悲歎《ひたん》は身うちにかへる

智恵子狂ひて既に六年
生活の試練鬢髪《びんぱつ》為に白い
私は手を休めて荷造りの新聞に見入る
そこにあるのは写真であつた
そそり立つ廬山《ろざん》に向つて無言に並ぶ野砲の列

昭和一三・八

レモン哀歌

そんなにもあなたはレモンを待つてゐた
かなしく白くあかるい死の床で
わたしの手からとつた一つのレモンを
あなたのきれいな歯ががりりと嚙《か》んだ
トパアズいろの香気が立つ
その数滴の天のものなるレモンの汁は
ぱつとあなたの意識を正常にした
あなたの青く澄んだ眼がかすかに笑ふ
わたしの手を握るあなたの力の健康さよ
あなたの咽喉《のど》に嵐はあるが
かういふ命の瀬戸ぎはに
智恵子はもとの智恵子となり

生涯《しやうがい》の愛を一瞬にかたむけた
それからひと時
昔山巓《さんてん》でしたやうな深呼吸を一つして
あなたの機関はそれなり止まつた
写真の前に挿した桜の花かげに
すずしく光るレモンを今日も置かう

昭和一四・二

亡《な》き人に

雀はあなたのやうに夜明けにおきて窓を叩《たた》く
枕頭《ちんとう》のグロキシニヤはあなたのやうに黙つて咲く

朝風は人のやうに私の五体をめざまし
あなたの香りは午前五時の寝部屋に涼しい

私は白いシイツをはねて腕をのばし
夏の朝日にあなたのほほゑみを迎へる

今日が何であるかをあなたはささやく
権威あるもののやうにあなたは立つ

私はあなたの子供となり
あなたは私のうら若い母となる

あなたはまだゐる其処《そこ》にゐる
あなたは万物となつて私に満ちる

私はあなたの愛に値しないと思ふけれど
あなたの愛は一切を無視して私をつつむ

昭和一四・七

梅酒

死んだ智恵子が造つておいた瓶の梅酒《うめしゆ》は
十年の重みにどんより澱《よど》んで光を蔵《つつ》み、
いま琥珀《こはく》の杯に凝つて玉のやうだ。
ひとりで早春の夜ふけの寒いとき、
これをあがつてくださいと、
おのれの死後に遺《のこ》していつた人を思ふ。
おのれのあたまの壊れる不安に脅《おびや》かされ、
もうぢき駄目になると思ふ悲に
智恵子は身のまはりの始末をした。
七年の狂気は死んで終つた。
厨《くりや》に見つけたこの梅酒の芳《かを》りある甘さを
わたしはしづかにしづかに味はふ。

狂瀾怒濤《きやうらんどたう》の世界の叫も
この一瞬を犯しがたい。
あはれな一個の生命を正視する時、
世界はただこれを遠巻にする。
夜風も絶えた。

昭和一五・三

荒涼たる帰宅

あんなに帰りたがつてゐた自分の内へ
智恵子は死んでかへつて来た。
十月の深夜のがらんどうなアトリエの
小さな隅の埃《ほこり》を払つてきれいに浄《きよ》め、
私は智恵子をそつと置く。
この一個の動かない人体の前に
私はいつまでも立ちつくす。
人は屏風《びやうぶ》をさかさにする。
人は燭《しよく》をともし香をたく。
人は智恵子に化粧する。
さうして事がひとりでに運ぶ。
夜が明けたり日がくれたりして

そこら中がにぎやかになり、
家の中は花にうづまり、
何処《どこ》かの葬式のやうになり、
いつのまにか智恵子が居なくなる。
私は誰も居ない暗いアトリエにただ立つてゐる。
外は名月といふ月夜らしい。

昭和一六・六

松庵寺

奥州花巻といふひなびた町の
浄土宗の古刹《こさつ》松庵寺で
秋の村雨《むらさめ》ふりしきるあなたの命日に
まことにささやかな法事をしました
花巻の町も戦火をうけて
すつかり焼けた松庵寺は
物置小屋に須弥壇《すみだん》をつくつた
二畳敷のお堂でした
雨がうしろの障子から吹きこみ
和尚《をしやう》さまの衣のすそさへ濡《ぬ》れました
和尚さまは静かな声でしみじみと
型どほりに一枚起請文《きしやうもん》をよみました

仏を信じて身をなげ出した昔の人の
おそろしい告白の真実が
今の世でも生きてわたくしをうちました
限りなき信によつてわたくしのために
燃えてしまつたあなたの一生の序列を
この松庵寺の物置御堂《みだう》の仏の前で
又も食ひ入るやうに思ひしらべました

昭和二〇・一〇

報　告（智恵子に）

日本はすつかり変りました。
あなたの身ぶるひする程いやがつてゐた
あの傍若無人のがさつな階級が
とにかく存在しないことになりました。
すつかり変つたといつても、
それは他力による変革で
（日本の再教育と人はいひます。）
内からの爆発であなたのやうに、
あんないきいきした新しい世界を
命にかけてしんから望んだ
さういふ自力で得たのでないことが
あなたの前では恥しい。

あなたこそまことの自由を求めました。
求められない鉄の囲《かこひ》の中にゐて、
あなたがあんなに求めたものは、
結局あなたを此世の意識の外に逐《お》ひ、
あなたの頭をこはしました。
あなたの苦しみを今こそ思ふ。
日本の形は変りましたが、
あの苦しみを持たないわれわれの変革を
あなたに報告するのはつらいことです。

昭和二二・六

噴霧的な夢

あのしやれた登山電車で智恵子と二人、
ヴエズヴイオの噴火口をのぞきにいつた。
夢といふものは香料のやうに微粒的で
智恵子は二十代の噴霧で濃厚に私を包んだ。
ほそい竹筒のやうな望遠鏡の先からは
ガスの火が噴射機《ジェットプレイン》のやうに吹き出てゐた。
その望遠鏡で見ると富士山がみえた。
お鉢《はち》の底に何か面白いことがあるやうで
お鉢のまはりのスタンドに人が一ぱいゐた。
智恵子は富士山麓《さんろく》の秋の七草の花束を
ヴエズヴイオの噴火口にふかく投げた。
智恵子はほのぼのと美しく清浄で

しかもかぎりなき惑溺《わくでき》にみちてゐた。
あの山の水のやうに透明な女体を燃やして
私にもたれながら崩れる砂をふんで歩いた。
そこら一面がポムペイヤンの香りにむせた。
昨日までの私の全存在の異和感が消えて
午前五時の秋爽《さはや》やかな山の小屋で目がさめた。

昭和一三・九

もしも智恵子が

もしも智恵子が私といつしよに
岩手の山の源始の息吹《いぶき》に包まれて
いま六月の草木の中のここに居たら、
ゼンマイの綿帽子がもうとれて
キセキレイが井戸に来る山の小屋で
ことしの夏がこれから始まる
洋々とした季節の朝のここに居たら、
智恵子はこの三畳敷で目をさまし、
両手を伸して吹入るオゾンに身うちを洗ひ、
やつぱり二十代の声をあげて
十本一本のマツチをわらひ、
杉の枯葉に火をつけて

囲炉裏の鍋《なべ》でうまい茶粥《ちやがゆ》を煮るでせう。
畑の絹さやゑんどうをもぎつてきて
サフアイヤ色の朝の食事に興じるでせう。
もしも智恵子がここに居たら、
奥州南部の山の中の一軒家が
たちまち真空管の機構となつて
無数の強いエレクトロンを飛ばすでせう。

昭和二四・三

元素智恵子

智恵子はすでに元素にかへつた。
わたくしは心霊独存の理を信じない。
智恵子はしかも実存する。
智恵子はわたくしの肉に居る。
智恵子はわたくしに密着し、
わたくしの細胞に燐火《りんくわ》を燃やし、
わたくしと戯《たはむ》れ、
わたくしをたたき、
わたくしを老いぼれの餌食《ゑじき》にさせない。
精神とは肉体の別の名だ。
わたくしの肉に居る智恵子は、
そのままわたくしの精神の極北。

智恵子はこよなき審判者であり、
うちに智恵子の睡《ねむ》る時わたくしは過ち、
耳に智恵子の声をきく時わたくしは正しい。
智恵子はただ嘻々《きき》としてとびはね、
わたくしの全存在をかけめぐる。
元素智恵子は今でもなほ
わたくしの肉に居てわたくしに笑ふ。

昭和二四・一〇

メトロポオル

智恵子が憧れてゐた深い自然の真只中《まつただなか》に
運命の曲折はわたくしを叩きこんだ。
運命は生きた智恵子を都会に殺し、
都会の子であるわたくしをここに置く。
岩手の山は荒々しく美しくまじりけなく、
わたくしを囲んで仮借しない。
虚偽と遊惰とはここの土壌に生存できず、
わたくしは自然のやうに一刻を争ひ、
ただ全裸を投げて前進する。
智恵子は死んでよみがへり、
わたくしの肉に宿つてここに生き、
かくの如《ごと》き山川草木にまみれてよろこぶ。

変幻きはまりない宇宙の現象、
転変かぎりない世代の起伏、
それをみんな智恵子がうけとめ、
それをわたくしが触知する。
わたくしの心は賑《にぎは》ひ、
山林孤《こ》棲《せい》と人のいふ
小さな山小屋の囲炉裏に居て
ここを地上のメトロポオルとひとり思ふ。

昭和二四・一〇

裸形

智恵子の裸形をわたくしは恋ふ。
つつましくて満ちてゐて
星宿のやうに森厳で
山脈のやうに波うつて
いつでもうすいミストがかかり、
その造型の瑪瑙《めなう》質に
奥の知れないつやがあつた。
智恵子の裸形の背中の小さな黒子《ほくろ》まで
わたくしは意味ふかくおぼえてゐて、
今も記憶の歳月にみがかれた
その全存在が明滅する。
わたくしの手でもう一度、

あの造型を生むことは
自然の定めた約束であり、
そのためにわたくしに肉類が与へられ、
そのためにわたくしに畑の野菜が与へられ、
米と小麦と牛酪《バター》とがゆるされる。
智恵子の裸形をこの世にのこして
わたくしはやがて天然の素中《そちゆう》に帰らう。

昭和二四・一〇

案内

三畳あれば寝られますね。
これが水屋。
これが井戸。
山の水は山の空気のやうに美味。
あの畑が三畝《せ》、
いまはキヤベツの全盛です。
ここの疎林《そりん》がヤツカの並木で、
小屋のまはりは栗《くり》と松。
坂を登るとここが見晴し、
展望二十里南にひらけて
左が北上山系、
右が奥羽国境山脈、

まん中の平野を北上川が縦に流れて、
あの霞《かす》んでゐる突きあたりの辺が
金華山沖といふことでせう。
智恵さん気に入りましたか、好きですか。
うしろの山つづきが毒が森。
そこにはカモシカも来るし熊も出ます。
智恵さん斯《か》ういふところ好きでせう。

昭和二四・一〇

あの頃《ころ》

人を信ずることは人を救ふ。
かなり不良性のあつたわたくしを
智恵子は頭から信じてかかつた。
いきなり内懐《うちふところ》に飛びこまれて
わたくしは自分の不良性を失つた。
わたくし自身も知らない何ものかが
こんな自分の中にあることを知らされて
わたくしはたじろいた。
少しめんくらつて立ちなほり、
智恵子のまじめな純粋な
息をもつかない肉薄に
或日はつと気がついた。

わたくしの眼から珍しい涙がながれ、
わたくしはあらためて智恵子に向つた。
智恵子はにこやかにわたくしを迎へ、
その清浄な甘い香りでわたくしを包んだ。
わたくしはその甘美に酔つて一切を忘れた。
わたくしの猛獣性をさへ物ともしない
この天の族なる一女性の不可思議力に
無頼のわたくしは初めて自己の位置を知つた。

昭和二四・一〇

吹雪の夜の独白

外では吹雪が荒れくるふ。
かういふ夜には鼠《ねずみ》も来ず、
部落は遠くねしづまつて
人つ子ひとり山には居ない。
囲炉裏に大きな根つ子を投じて
みごとな大きな火を燃やす。
六十七年といふ生理の故《ゆゑ》に
今ではよほどらくだと思ふ。
あの欲情のあるかぎり、
ほんとの為事《しごと》は苦しいな。
美術といふ為事の奥は
さういふ非情を要求するのだ。

まるでなければ話にならぬし、
よくよく知つて今は無いといふのがいい。
かりに智恵子が今出てきても
大いにはしやいで笑ふだけだろ。
きびしい非情の内側から
あるともなしに匂《にほ》ふものが
あの神韻といふやつだろ。
老いぼれでは困るがね。

昭和二四・一〇

智恵子と遊ぶ

智恵子の所在はα次元。
α次元こそ絶対現実。

岩手の山に智恵子と遊ぶ
夢幻《ゆめまぼろし》の生の真実。

フレンチ平原に茸《きのこ》は生えても
智恵子の遊びに変りはない。

二合の飯は今日のままごと。
牛のしつぽに韮《にら》を刻む。

強敵糠蚊《ぬかが》とたたかひながら
三畝《せ》の畑にいのちを託す。
あばら骨に錐《きり》は刺され、
肺気腫《はいきしゅ》噴射のとめどない咳《せき》。
造型は自然の中軸。
この世存在のシネ　クワ　ノン。
一切は智恵子 *a* 次元の逍遥遊《せうえういう》。
遊ぶ時人はわづかに卑《いや》しくなくなる。

昭和二六・一一

報告

あなたのきらひな東京へ
山からこんどきてみると
生れ故郷の東京が
文化のがらくたに埋もれて
足のふみ場もないやうです。
ひと皮かぶせたアスファルトに
無用のタキシが充満して
人は南にゆかうとすると
結局北にゆかされます。
空には爆音、
地にはラウドスピーカー。
鼓膜を鋼《はがね》で張りつめて

意志のない不生産的生きものが
他国のチリンチリン的敗物を
がつがつ食べて得意です。
あなたのきらひな東京が
わたくしもきらひになりました。
仕事が出来たらすぐ山へ帰りませう、
あの清潔なモラルの天地で
も一度新鮮無比なあなたに会ひませう。

昭和二七・一一

うた六首

ひとむきにむしやぶりつきて為事《しごと》するわれをさびしと思ふな智恵子

気ちがひといふおどろしき言葉もて人は智恵子をよばむとすなり

いちめんに松の花粉は浜をとび智恵子尾長のともがらとなる

わが為事いのちかたむけて成るきはを智恵子は知りき知りていたみき

この家に智恵子の息吹《いぶき》みちてのこりひとりめつぶる吾《あ》をいねしめず

光太郎智恵子はたぐひなき夢をきづきてむかし此所《ここ》に住みにき

智恵子の半生

妻智恵子が南品川ゼームス坂病院の十五号室で精神分裂症患者として粟粒性《ぞくりゅう》肺結核で死んでから旬日で満二年になる。私はこの世で智恵子にめぐりあったため、彼女の純愛によって清浄にされ、以前の廃頽《はいたい》生活から救い出される事が出来た経歴を持って居り、私の精神は一にかかって彼女の存在そのものの上にあったので、智恵子の死による精神的打撃は実に烈《はげ》しく、一時は自己の芸術的製作さえ其《そ》の目標を失ったような空虚感にとりつかれた幾箇月かを過した。彼女の生前、私は自分の製作した彫刻を何人よりもさきに彼女に見せた。一日の製作の終りにも其《それ》を彼女と一緒に検討する事が此上《このうえ》もない喜であった。又彼女はそれを全幅的に受け入れ、理解し、熱愛した。私の作った木彫小品を彼女は懐《ふところ》に入れて街を歩いてまで愛撫《あいぶ》した。彼女の居ないこの世で誰が私の彫刻をそのように子供のようにうけ入れてくれるであろうか。もう見せる人も居やしないという思が私を幾箇月間か悩ました。美に関する製作は公式の理念や、壮大な民族意識というようなものだけでは決して生れない。

そういうものは或《あるい》は製作の主題となり、或はその動機となる事はあっても、その製作が心の底から生れ出て、生きた血を持つに至るには、必ずそこに大きな愛のやりとりがいる。それは神の愛である事もあろう。大君の愛である事もあろう。又実に一人の女性の底ぬけの純愛である事があるのである。自分の作ったものを熱愛の眼を以《もっ》て見てくれる一人の人があるという意識ほど、美術家にとって力となるものはない。作りたいものを必ず作り上げる潜力となるものはない。製作の結果は或は万人の為《ため》のものともなることがあろう。けれども製作するものの心はその一人の人に見てもらいたいだけで既に一ぱいなのが常である。私はそういう人を妻の智恵子に持っていた。その智恵子が死んでしまった当座の空虚感はそれ故殆《ゆえほとん》ど無の世界に等しかった。作りたいものは山ほどあっても作る気になれなかった。見てくれる熱愛の眼が此世にもう絶えて無い事を知っているからである。そういう幾箇月の苦闘の後、或る偶然の事から満月の夜に、智恵子はその個的存在を失う事によって却《かえっ》て私にとっては普遍的存在となったのである事を痛感し、それ以来智恵子の息吹を常に身近かに感ずる事が出来、言わば彼女は私と偕《とも》にある者となり、私にとっての永遠なるものであるという実感の方が強くなった。私はそうして平静と心の健康とを取り戻《もど》し、仕事の張合がもう一度出て来た。一日の仕事を終って製作を眺《なが》める時「どうだろう」といって後ろをふりむけば智恵子はきっと其処《そこ》に居る。彼女は何処《どこ》にでも居るのである。

智恵子が結婚してから死ぬまでの二十四年間の生活は愛と生活苦と芸術への精進と矛盾と、そうして闘病との間断なき一連続に過ぎなかった。彼女はそういう渦巻《うずまき》の中で、宿命的に持っていた精神上の素質の為に倒れ、歓喜と絶望と信頼と諦観《ていかん》とのあざなわれた波濤《はとう》の間に没し去った。彼女の追憶について書く事を人から幾度か示唆《しさ》されても今日まで其を書く気がしなかった。あまりなまなましい苦闘のあとは、たとい小さな一隅《いちぐう》の生活にしても筆にするに忍びなかったし、又いわば単なる私生活の報告のようなものに果してどういう意味があり得るかという疑問も強く心を牽《けん》制《せい》していたのである。だが今は書こう。出来るだけ簡単に此の一人の女性の運命を書きとめて置こう。大正昭和の年代に人知れず斯《こ》ういう事に悩み、こういう事に生き、こういう事に倒れた女性のあった事を書き記して、それをあわれな彼女への餞《はなむけ》とする事を許させてもらおう。一人に極まれば万人に通ずるということを信じて、今日のような時勢の下にも敢《あえ》て此の筆を執ろうとするのである。

今しずかに振りかえって彼女の上を考えて見ると、その一生を要約すれば、まず東北地方福島県二本松町の近在、漆原という所の酒造り長沼家に長女として明治十九年に生れ、土地の高女を卒業してから東京目白の日本女子大学校家政科に入学、寮生活をつづけているうちに洋画に興味を持ち始め、女子大学卒業後、郷里の父母の同意を辛《かろ》うじて得て東京に留《とど》まり、太平洋絵画研究所に通学して油絵を学び、当時の新興画家であった中村彝《つね》、斎藤与里治、津田青楓《せいふう》の諸氏に出入して其の影響をうけ、又一方、其頃平塚雷鳥女史等の提起した女子思想運動にも加わり、雑誌「青《せい》鞜《とう》」の表紙画などを画いたりした。それが明治末年頃《ころ》の事であり、やがて柳八重子女史の紹介で初めて私と知るようになり、大正三年に私と結婚した。結婚後も油絵の研究に熱中していたが、芸術精進と家庭生活との板ばさみとなるような月日も漸《ようや》く多くなり、その上肋膜《ろくまく》を病んで以来しばしば病臥《びょうが》を余儀なくされ、後年郷里の家君を亡《うしな》い、つづいて実家の破産に瀕《ひん》するにあい、心痛苦慮は一通りでなかった。やがて更年期の心神変調が因《もと》となって精神異状の徴候があらわれ、昭和七年アダリン自殺を計り、幸い薬毒からは免《まぬか》れて一旦《いったん》健康を恢復《かいふく》したが、その後あらゆる療養をも押しのけて徐々に確実に進んで来る脳細胞の疾患のため昭和十年には完全に精神分裂症に捉《とら》えられ、其年《その》二月ゼームス坂病院に入院、昭和十三年十月其処でしずかに瞑目《めいもく》したのである。

彼女の一生は実に単純であり、純粋に一私人的生活に終始し、いささかも社会的意義を有《も》つ生活に触れなかった。わずかに「青鞜」に関係していた短い期間がその社会的接触のあった時と言えばいえる程度に過ぎなかった。社会的関心を持たなかったばかりでなく、生来社交的でなかった。「青鞜」に関係していた頃所謂《いわゆる》新らしい女の一人として一部の人達の間に相当に顔を知られ、長沼智恵子という名がその仲間の口に時々上ったのも、実は当時のゴシップ好きの連中が尾鰭《おひれ》をつけていろいろ面白そうに喧伝《けんでん》したのが因であって、本人はむしろ無口な、非社交的な非論理的な、一途《いちず》な性格で押し通していたらしかった。長沼さんとは話がしにくいというのが当時の女友達の本当の意見のようであった。私は其頃の彼女をあまり善く知らないのであるが、津田青楓氏が何かに書いていた中に、彼女が高い塗下駄《ぬりげた》をはいて着物の裾《すそ》を長く引きずるようにして歩いていたのをよく見かけたというような事があったのを記憶する。そんな様子や口数の少いところから何となく人が彼女に好奇的な謎《なぞ》でも感じていたのではないかと思われる。女水滸伝《すいこでん》のように思われたり、又風《ふ》情《ぜい》ごのみのように言われたりしたようであるが実際はもっと素朴《そぼく》で無頓着《むとんちゃく》であったのだろうと想像する。

私は彼女の前半生を殆ど全く知らないと言っていい。彼女について私が知っているのは紹介されて彼女と識《し》ってから以後の事だけである。現在の事で一ぱいで、以前の事を知ろうとする気も起らなかったし、年齢さえ実は後年まで確実には知らなかったのである。私が知ってからの彼女は実に単純真摯《しんし》な性格で、心に何か天上的なものをいつでも湛《たた》えて居り、愛と信頼とに全身を投げ出していたような女性であった。生来の勝気から自己の感情はかなり内に抑えていたようで、物腰はおだやかで軽佻《けいちょう》な風は見られなかった。自己を乗り越えて進もうとする気力の強さには時々驚かされる事もあったが、又そこに随分無理な努力も人知れず重ねていたのである事を今日から考えると推察する事が出来る。

その時には分らなかったが、後から考えてみれば、結局彼女の半生は精神病にまで到達するように進んでいたようである。私との此の生活では外に往く道はなかったように見える。どうしてそうかと考える前に、もっと別な生活を想像してみると、例えば生活するのが東京でなくて郷里、或は何処かの田園であり、又配偶者が私のような美術家でなく、美術に理解ある他の職業の者、殊《こと》に農耕牧畜に従事しているような者であった場合にはどうであったろうと考えられる。或はもっと天然の寿を全《まっと》うし得たかも知れない。そう思われるほど彼女にとっては肉体的に既に東京が不適当の地であった。東京の空気は彼女には常に無味乾燥でざらざらしていた。女子大で成瀬校長に奨励され、自転車に乗ったり、テニスに熱中したりして頗《すこぶ》る元気溌《はつ》剌《らつ》たる娘時代を過したようであるが、卒業後は概してあまり頑健《がんけん》という方ではなく、様子もほっそりしていて、一年の半分近くは田舎や、山へ行っていたらしかった。私と同棲《どうせい》してからも一年に三四箇月は郷里の家に帰っていた。田舎の空気を吸って来なければ身体《からだ》が保《も》たないのであった。彼女はよく東京には空が無いといって歎《なげ》いた。私の「あどけない話」という小詩がある。

智恵子は東京に空が無いといふ、
ほんとの空が見たいといふ。
私は驚いて空を見る。
桜若葉の間に在るのは、

切つても切れない
むかしなじみのきれいな空だ。
どんよりけむる地平のぼかしは
うすもも色の朝のしめりだ。
智恵子は遠くを見ながらいふ。
阿多多羅山《あたたらやま》の山の上に
毎日出てゐる青い空が
智恵子のほんとの空だといふ。
あどけない空の話である。

私自身は東京に生れて東京に育っているため彼女の痛切な訴を身を以て感ずる事が出来ず、彼女もいつかは此の都会の自然に馴染《なじ》む事だろうと思っていたが、彼女の斯《か》かる新鮮な透明な自然への要求は遂《つい》に身を終るまで変らなかった。彼女は東京に居て此の要求をいろいろな方法で満たしていた。家のまわりに生える雑草の飽くなき写生、その植物学的探究、張出窓での百合《ゆり》花やトマトの栽培、野菜類の生食、ベトオフエンの第六交響楽レコオドへの惑溺《わくでき》というような事は皆この要求充足の変形であったに相違なく、此の一事だけでも半生に亙《わた》る彼女の表現し得ない不断のせつなさは想像以上のものであったであろう。その最後の日、死ぬ数時間前に私が持って行ったサンキストのレモンの一顆《いっか》を手にした彼女の喜も亦《また》この一筋につながるものであったろう。彼女はそのレモンに歯を立てて、すがしい香りと汁液《じゅうえき》とに身も心も洗われているように見えた。

彼女がついに精神の破綻《はたん》を来《きた》すに至った更に大きな原因は何といってもその猛烈な芸術精進と、私への純真な愛に基く日常生活の営みとの間に起る矛盾撞着《どうちゃく》の悩みであったであろう。彼女は絵画を熱愛した。女子大在学中既に油絵を画いていたらしく、学芸会に於《お》ける学生劇の背景製作などをいつも引きうけて居たという事であり、故郷の両親が初めは反対していたのに遂に画家になる事を承認したのも、其頃画いた祖父の肖像画の出来栄《ばえ》が故郷の人達を驚かしたのに因《よ》ると伝え聞いている。この油絵は、私も後に見たが、素朴な中に渋い調和があり、色価の美しい作であった。卒業後数年間の絵画については私はよく知らないが、幾分情調本位な甘い気分のものではなかったかと思われる。其頃のものを彼女はすべて破棄してしまって私には見せなかった。僅《わず》かに素描の下描などで私は其を想像するに過ぎなかった。私と一緒になってからは主に静物の勉強をつづけ幾百枚となく画いた。風景は故郷に帰った時や、山などに旅行した時にかき、人物は素描では描いたが、油絵ではついにまだ本格的に画くまでに至らなかった。彼女はセザンヌに傾倒していて自然とその影響をうける事も強かった。私もその頃は彫刻の外に油絵も画いていたが、勉強の部屋は別にしていた。彼女は色彩について実に苦しみ悩んだ。そして中途半端の成功を望まなかったので自虐《じぎやく》に等しいと思われるほど自分自身を責めさいなんだ。或年、故郷に近い五色温泉に夏を過して其処の風景を画いて帰って来た。その中の小品に相当に佳《よ》いものがあったので、彼女も文展に出品する気になって、他の大幅のものと一緒にそれを搬入したが、鑑査員の認めるところとならずに落選した。それ以来いくらすすめても彼女は何処の展覧会へも出品しようとしなかった。自己の作品を公衆に展示する事によって何か内に鬱積《うつせき》するものを世に訴え、外に発散せしめる機会を得るという事も美術家には精神の助けとなるものだと思うのであるが、そういう事から自己を内に閉じこめてしまったのも精神の内攻的傾向を助長したかも知れない。彼女は最善をばかり目指していたので何時《いつ》でも自己に不満であり、いつでも作品は未完成に終った。又事実その油絵にはまだ色彩に不十分なもののある事は争われなかった。その素描にはすばらしい力と優雅とを持っていたが、油絵具を十分に克服する事がどうしてもまだ出来なかった。彼女はそれを悲しんだ。時々はひとり画架の前で涙を流していた。偶然二階の彼女の部屋に行ってそういうところを見ると、私も言いしれぬ寂しさを感じ慰《なぐさめ》の言葉も出ない事がよくあった。ところで、私は人の想像以上に生活不如意《ふにょい》で、震災前後に唯《ただ》一度女中を置いたことがあるだけで、其他《そのほか》は彼女と二人きりの生活であったし、彼女も私も同じ様な造型美術家なので、時間の使用について中々むつかしいやりくりが必要であった。互にその仕事に熱中すれば一日中二人とも食事も出来ず、掃除も出来ず、用事も足せず、一切の生活が停頓《ていとん》してしまう。そういう日々もかなり重なり、結局やっぱり女性である彼女の方が家庭内の雑事を処理せねばならず、おまけに私が昼間彫刻の仕事をすれば、夜は食事の暇も惜しく原稿を書くというような事が多くなるにつれて、ますます彼女の絵画勉強の時間が食われる事になるのであった。詩歌《しいか》のような仕事などならば、或《あるい》は頭の中で半分は進める事も出来、かなり零細な時間でも利用出来るかと思うが、造型美術だけは或る定まった時間の区劃《くかく》が無ければどうする事も出来ないので、この点についての彼女の苦慮は思いやられるものであった。彼女はどんな事があっても私の仕事の時間を減らすまいとし、私の彫刻をかばい、私を雑用から防ごうと懸命に努力をした。彼女はいつの間にか油絵勉強の時間を縮少し、或時は粘土で彫刻を試みたり、又後には絹糸をつむいだり、其《それ》を草木染にしたり、機織《はたおり》を始めたりした。二人の着物や羽織を手織で作ったのが今でも残っている。同じ草木染の権威山崎斌《たけし》氏は彼女の死んだ時弔電に、

袖《そで》のところ一すぢ青きしまを織りて
あてなりし人今はなしはや

という歌を書いておくられた。結局彼女は口に出さなかったが、油絵製作に絶望したのであった。あれほど熱愛して生涯《しょうがい》の仕事と思っていた自己の芸術に絶望する事はそう容易な心事である筈《はず》がない。後年服毒した夜には、隣室に千疋屋《せんびきや》から買って来たばかりの果物籠《かご》が静物風に配置され、画架には新らしい画布が立てかけられてあった。私はそれを見て胸をつかれた。慟哭《どうこく》したくなった。

彼女はやさしかったが勝気であったので、どんな事でも自分一人の胸に収めて唯黙って進んだ。そして自己の最高の能力をつねに物に傾注した。芸術に関する事は素《もと》より、一般教養のこと、精神上の諸問題についても突きつめるだけつきつめて考えて、曖昧《あいまい》をゆるさず、妥協を卑《いや》しんだ。いわば四六時中張りきっていた弦のようなもので、その極度の緊張に堪えられずして脳細胞が破れたのである。精根つきて倒れたのである。彼女の此の内部生活の清浄さに私は幾度浄《きよ》められる思をしたか知れない。彼女にくらべると私は実に茫漠《ぼうばく》として濁っている事を感じた。彼女の眼を見ているだけで私は百の教訓以上のものを感得するのが常であった。彼女の眼には確かに阿多多羅山の山の上に出ている天空があった。私は彼女の胸像を作る時この眼の及び難い事を痛感して自分の汚なさを恥じた。今から考えてみても彼女は到底この世に無事に生きながらえていられなかった運命を内部的にも持っていたように見える。それほど隔絶的に此の世の空気と違った世界の中に生きていた。私は時々何だか彼女は仮にこの世に存在している魂のように思える事があったのを記憶する。彼女には世間慾《よく》というものが無かった。彼女は唯ひたむきに芸術と私とへの愛によって生きていた。そうしていつでも若かった。精神の若さと共に相貌《そうぼう》の若さも著しかった。彼女と一緒に旅行する度に、ゆくさきざきで人は彼女を私の妹と思ったり、娘とさえ思ったりした。彼女には何かそういう種類の若さがあって、死ぬ頃になっても五十歳を超えた女性とは一見して思えなかった。結婚当時も私は彼女の老年というものを想像する事が出来ず、「あなたでもお婆《ばあ》さんになるかしら」と戯《たわむ》れに言ったことがあるが、彼女はその時、「私年とらないうちに死ぬわ」と不用意に答えたことのあるのを覚えている。そうしてまったくその通りになった。

精神病学者の意見では、普通の健康人の脳は随分ひどい苦悩にも堪えられるものであり、精神病に陥る者は、大部分何等かの意味でその素質を先天的に持っているか、又は怪我《けが》とか悪疾とかによって後天的に持たせられた者であるという事である。彼女の家系には精神病の人は居なかったようであるが、ただ彼女の弟である実家の長男はかなり常規を逸した素行があり、そのため遂に実家は破産し、彼自身は悪疾をも病んで陋巷《ろうこう》に窮死した。しかし遺伝的といい得る程強い素質がそこに流れていると信じられない。又彼女は幼児の時切石で頭蓋《ずがい》にひどい怪我をした事があるという事であるがこれも其《そ》の後何の故障もなく平癒《へいゆ》してしまって後年の病気に関係があるとも思えない。又彼女が脳に変調を起した時、医者は私に外国で或《あ》る病気の感染を受けた事はないかと質問した。私にはまったく其の記憶がなかったし、又私の血液と彼女の血液とを再三検査してもらったが、いつも結果は陰性であった。そうすると彼女の精神分裂症という病気の起る素質が彼女に肉体的に存在したとは確定し難いのである。だが又あとから考えると、私が知って以来の彼女の一切の傾向は此の病気の方へじりじりと一歩ずつ進んでいたのだとも取れる。その純真さえも唯ならぬものがあったのである。思いつめれば他の一切を放棄して悔まず、所謂《いわゆる》矢も楯《たて》もたまらぬ気性を持っていたし、私への愛と信頼の強さ深さは殆《ほとん》ど嬰児《えいじ》のそれのようであったといっていい。私が彼女に初めて打たれたのも此の異常な性格の美しさであった。言うことが出来れば彼女はすべて異常なのであった。私が「樹下の二人」という詩の中で、

ここはあなたの生れたふるさと、
この不思議な別箇の肉身を生んだ天地。

と歌ったのも此の実感から来ているのであった。彼女が一歩ずつ最後の破綻《はたん》に近づ

いて行ったのか、病気が螺線《らせん》のようにぎりぎりと間違なく押し進んで来たのか、最後に近くなってからはじめて私も何だか変なのではないかとそれとなく気がつくようになったのであって、それまでは彼女の精神状態などについて露ほどの疑も抱いてはいなかった。つまり彼女は異常ではあったが、異状ではなかったのである。はじめて異状を感じたのは彼女の更年期が迫って来た頃《ころ》の事である。

追憶の中の彼女をここに簡単に書きとめて置こう。

前述の通り長沼智恵子を私に紹介したのは女子大の先輩柳八重子女史であった。女史は私の紐育《ニューヨーク》時代からの友人であった画家柳敬助君の夫人で当時桜楓《おうふう》会の仕事をして居られた。明治四十四年の頃である。私は明治四十二年七月にフランスから帰って来て、父の家の庭にあった隠居所の屋根に孔《あな》をあけてアトリエ代りにし、そこで彫刻や油絵を盛んに勉強していた。一方神田淡路町に琅玕洞《ろうかんどう》という小さな美術店を創設して新興芸術の展覧会などをやったり、当時日本に勃興《ぼっこう》したスバル一派の新文学運動に加わったりしていたと同時に、遅蒔《おそまき》の青春が爆発して、北原白秋氏、長田秀雄氏、木下杢太郎《もくたろう》氏などとさかんに往来してかなり烈《はげ》しい所謂耽溺《たんでき》生活に陥っていた。不安と焦躁《しょうそう》と渇望《かつぼう》と、何か知られざるものに対する絶望とでめちゃめちゃな日々を送り、遂に北海道移住を企てたり、それにも忽《たちま》ち失敗したり、どうなる事か自分でも分らないような精神の危機を経験していた時であった。柳敬助君に友人としての深慮があったのかも知れないが、丁度そういう時彼女が私に紹介されたのであった。彼女はひどく優雅で、無口で、語尾が消えてしまい、ただ私の作品を見て、お茶をのんだり、フランス絵画の話をきいたりして帰ってゆくのが常であった。私は彼女の着こなしのうまさと、きゃしゃな姿の好ましさなどしか最初は眼につかなかった。彼女は決して自分の画いた絵を持って来なかったのでどんなものを画いているのかまるで知らなかった。そのうち私は現在のアトリエを父に建ててもらう事になり、明治四十五年には出来上って、一人で移り住んだ。彼女はお祝にグロキシニヤの大鉢《おおばち》を持って此処へ訪ねて来た。丁度明治天皇様崩御の後、私は犬吠《いぬぼう》へ写生に出かけた。その時別の宿に彼女が妹さんと一人の親友と一緒に来ていて又会った。後に彼女は私の宿へ来て滞在し、一緒に散歩したり食事したり写生したりした。様子が変に見えたものか、宿の女中が一人必ず私達二人の散歩を監視するためついて来た。心中しかねないと見たらしい。智恵子が後日語る所によると、その時若《も》し私が何か無理な事でも言い出すような事があったら、彼女は即座に入水《じゆすい》して死ぬつもりだったという事であった。私はそんな事は知らなかったが、此《こ》の宿の滞在中に見た彼女の清純な態度と、無欲な素朴《そぼく》な気質と、限りなきその自然への愛とに強く打たれた。君が浜の浜防風を喜ぶ彼女はまったく子供であった。しかし又私は入浴の時、隣の風呂場に居る彼女を偶然に目にして、何だか運命のつながりが二人の間にあるのではないかという予感をふと感じた。彼女は実によく均整がとれていた。

やがて彼女から熱烈な手紙が来るようになり、私も此の人の外に心を託すべき女性は無いと思うようになった。それでも幾度か此の心が一時的のものではないかと自ら疑った。又彼女にも警告した。それは私の今後の生活の苦闘を思うと彼女をその中に巻きこむに忍びない気がしたからである。その頃せまい美術家仲間や女人達の間で二人に関する悪質のゴシップが飛ばされ、二人とも家族などに対して随分困らせられた。然《しか》し彼女は私を信じ切り、私は彼女をむしろ崇拝した。悪声が四辺に満ちるほど、私達はますます強く結ばれた。私は自分の中にある不純の分子や溷濁《こんだく》の残留物を知っているので時々自信を失いかけると、彼女はいつでも私の中にあるものを清らかな光に照らして見せてくれた。

汚れ果てたる我がかずかずの姿の中に
をさな児のまこともて
君はたふとき吾がわれをこそ見出《みい》でつれ
君の見出でつるものをわれは知らず
ただ我は君をこよなき審判官《さばきのつかさ》とすれば
君によりてこころよろこび
わがしらぬわれの
わがあたたかき肉のうちに籠《こも》れるを信ずるなり

と私も歌ったのである。私を破れかぶれの廃頽《はいたい》気分から遂に引上げ救い出してくれたのは彼女の純一な愛であった。

大正二年八月九月の二箇月間私は信州上高地の清水屋に滞在して、その秋神田のヴヰナス倶楽部《クラブ》で岸田劉生《りゅうせい》君や木村荘八君等と共に開いた生活社の展覧会の油絵を数十枚画いた。其の頃上高地に行く人は皆島々から岩魚止《いわなどめ》を経て徳本《とくごう》峠を越えたものでかなりの道のりであった。その夏同宿には窪田《くぼた》空穂《うつぼ》氏や、茨木猪之吉氏も居られ、又丁度穂高登山に来られたウエストン夫妻も居られた。九月に入ってから彼女が画の道具を持って私を訪ねて来た。その知らせをうけた日、私は徳本峠を越えて岩魚止まで彼女を迎えに行った。彼女は案内者に荷物を任せて身軽に登って来た。山の人もその健脚に驚いていた。私は又徳本峠を一緒に越えて彼女を清水屋に案内した。上高地の風光に接した彼女の喜は実に大きかった。それからは毎日私が二人分の画の道具を肩にかけて写生に歩きまわった。彼女は其の頃肋膜《ろくまく》を少し痛めているらしかったが山に居る間はどうやら大した事にもならなかった。彼女の作画はこの時始めて見た。かなり主観的な自然の見方で一種の特色があり、大成すれば面白かろうと思った。私は穂高、明神、焼岳、霞沢《かすみざわ》、六百岳、梓川《あずさがわ》と触目を悉《ことごと》く画いた。彼女は其の時私の画いた自画像の一枚を後年病臥《びょうが》中でも見ていた。その時ウエストンから彼女の事を妹さんか、夫人かと問われた。友達ですと答えたら苦笑していた。当時東京の或新聞に「山上の恋」という見出しで上高地に於《お》ける二人の事が誇張されて書かれた。多分下山した人の噂話《うわさばなし》を種にしたものであろう。それが又家族の人達の神経を痛めさせた。十月一日に一山挙《こぞ》って島々へ下りた。徳本峠の山ふところを埋めていた桂《かつら》の木の黄葉の立派さは忘れ難い。彼女もよくそれを思い出して語った。

それ以来私の両親はひどく心配した。私は母に実にすまないと思った。父や母の夢は皆破れた。所謂洋行帰りを利用して彫刻界へ押し出す事もせず、学校の先生をすすめても断り、然るべき江戸前のお嫁さんも貰《もら》わず、まるで了見が分らない事になってしまった。実にすまないと思ったが、結局大正三年に智恵子との結婚を許してもらうように両親に申出た。両親も許してくれた。両親のもとにかしずかず、アトリエに別居するわけなので、土地家屋等一切は両親と同居する弟夫妻の所有とする事にきめて置いた。私達二人はまったく裸のままの家庭を持った。もちろん熱海行などはしなかった。それから実に長い間の貧乏生活がつづいたのである。

彼女は裕福な豪家に育ったのであるが、或《あるい》はその為《ため》か、金銭には実に淡泊で、貧乏の恐ろしさを知らなかった。私が金に困って古着屋を呼んで洋服を売って居ても平気で見ていたし、勝手元の引出《ひきだし》に金が無ければ買物に出かけないだけであった。いよいよ食べられなくなったらというような話も時々出たが、だがどんな事があってもやるだけの仕事をやってしまわなければねというと、そう、あなたの彫刻が中途で無くなるような事があってはならないと度々言った。私達は定収入というものが無いので、金のある時は割にあり、無くなると明日からばったり無くなった。金は無くなると何処を探しても無い。二十四年間に私が彼女に着物を作ってやったのは二三度くらいのものであったろう。彼女は独身時代のぴらぴらした着物をだんだん着なくなり、ついに無装飾になり、家の内ではスエタアとズボンで通すようになった。しかも其《それ》が甚《はなは》だ美しい調和を持っていた。「あなたはだんだんきれいになる」という詩の中で、

をんなが附属品をだんだん棄てると
どうしてこんなにきれいになるのか。
年で洗はれたあなたのからだは
無辺際を飛ぶ天の金属。

と私が書いたのも其の頃である。
自分の貧に驚かない彼女も実家の没落にはひどく心を傷《いた》めた。幾度か実家へ帰っ

て家計整理をしたようであったが結局破産した。二本松町の大火。実父の永眠。相続人の遊蕩《ゆうとう》。破滅。彼女にとっては堪えがたい痛恨事であったろう。彼女はよく病気をしたが、その度に田舎の家に帰ると平癒《へいゆ》した。もう帰る家も無いという寂しさはどんなに彼女を苦しめたろう。彼女の寂しさをまぎらす多くの交友を持たなかったのも其の性情から出たものとはいえ一つの運命であった。一切を私への愛にかけて学校時代の友達とも追々遠ざかってしまった。僅《わず》かに立川の農事試験場の佐藤澄子さん其の他両三名の親友があったに過ぎなかったのである。それでさえ年に一二度の往来であった。学校時代には彼女は相当に健康であって運動も過激なほどやったようであるが、卒業後肋膜にいつも故障があり、私と結婚してから数年のうちに遂《つい》に湿性肋膜炎の重症のにかかって入院し、幸に全治したが、その後或る練習所で乗馬の稽古《けいこ》を始めた所、そのせいか後屈症を起して切開手術のため又入院した。盲腸などでも悩み、いつも何処かしらが悪かった。彼女の半生の中で一番健康をたのしんだのは大正十四年頃の一二年間のことであった。しかし病気でも彼女はじめじめしていなかった。いつも清朗でおだやかであった。悲しい時には涙を流して泣いたが、又じきに直った。

昭和六年私が三陸地方へ旅行している頃、彼女に最初の精神変調が来たらしかった。私は彼女を家に一人残して二週間と旅行をつづけた事はなかったのに、此の時は一箇月近く歩いた。不在中泊りに来ていた姪《めい》や、又訪ねて来た母などの話をきくと余程孤独を感じていた様子で、母に、あたし死ぬわ、と言った事があるという。丁度更年期に接している年齢であった。翌七年はロサンゼルスでオリムピックのあった年であるが、その七月十五日の朝、彼女は眠から覚めなかった。前夜十二時過にアダリンを服用したと見え、粉末二五瓦《グラム》入の瓶《びん》が空になっていた。彼女は童女のように円く肥《ふと》って眼をつぶり口を閉じ、寝台の上に仰臥《ぎょうが》したまいくら呼んでも揺っても眠っていた。呼吸もあり、体温は中々高い。すぐ医者に来てもらって解毒《げどく》の手当し、医者から一応警察に届け、九段坂病院に入れた。遺書が出たが、其には ただ私への愛と感謝の言葉と、父への謝罪とが書いてあるだけだった。その文章には少しも頭脳不調の痕跡《こんせき》は見られなかった。一箇月の療養と看護とで平復退院。それから一箇年間は割に健康で過したが、そのうち種々な脳の故障が起るのに気づき、旅行でもしたらと思って東北地方の温泉まわりを一緒にしたが、上野駅に帰着した時は出発した時よりも悪化していた。症状一進一退。彼女は最初幻覚を多く見るので寝台に臥《ふ》しながら、其を一々手帳に写生していた。刻々に変化するのを時間を記入しながら次々と描いては私に見せた。形や色の無類の美しさを感激を以《もっ》て語った。そうした或る期間を経ているうちに今度は全体に意識がひどくぼんやりするようになり、食事も入浴も嬰児《えいじ》のように私がさせた。私も医者もこれを更年期の一時的現象と思って、母や妹の居る九十九里浜の家に転地させ、オバホルモンなどを服用させていた。私は一週一度汽車で訪ねた。昭和九年私の父が胃潰瘍《いかいよう》で大学病院に入院、退院後十月十日に他界した。彼女は海岸で身体は丈夫になり朦朧《もうろう》状態は脱したが、脳の変調はむしろ進んだ。鳥と遊んだり、自身が鳥になったり、松林の一角に立って、光太郎智恵子光太郎智恵子と一時間も連呼したりするようになった。父死後の始末も一段落ついた頃彼女を海岸からアトリエに引きとったが、病勢はまるで汽《き》罐《かん》車《しゃ》のように驀進《ばくしん》して来た。諸岡存博士の診察もうけたが、次第に狂暴の行為を始めるようになり、自宅療養が危険なので、昭和十年二月知人の紹介で南品川のゼームス坂病院に入院、一切を院長斎藤玉男博士の懇篤《こんとく》な指導に拠《よ》ることにした。又仕合《しあわせ》なことにさきに一等看護婦になっていた智恵子の姪のはる子さんという心やさしい娘さんに最後まで看護してもらう事が出来た。昭和七年以来の彼女の経過追憶を細かに書くことはまだ私には痛々しすぎる。ただ此の病院生活の後半期は病状が割に平静を保持し、精神は分裂しながらも手は曾《かつ》て油絵具で成し遂げ得なかったものを切紙によって楽しく成就《じょうじゅ》したかの観がある。百を以て数える枚数の彼女の作った切紙絵は、まったく彼女のゆたかな詩であり、生活記録であり、たのしい造型であり、色階和音であり、ユウモアであり、また微妙な愛憐《あいれん》の情の訴でもある。彼女は此所に実に健康に生きている。彼女はそれを訪問した私に見せるのが何よりもうれしそうであった。私がそれを見ている間、彼女は如何にも幸福そうに微笑したり、お辞儀したりしていた。最後の日其を一まとめに自分で整理して置いたものを私に渡して、荒い呼吸の中でかすかに笑う表情をした。すっかり安心した顔であった。私の持参したレモンの香りで洗われた彼女はそれから数時間のうちに極めて静かに此の世を去った。昭和十三年十月五日の夜であった。

九十九里浜の初夏

私は昭和九年五月から十二月末まで、毎週一度ずつ九十九里浜の真亀納屋という小さな部落に東京から通った。頭を悪くしていた妻を其処に住む親類の寓居《ぐうきょ》にあずけて置いたので、その妻を見舞うために通ったのである。真亀という部落は、海水浴場としても知られている鰯《いわし》の漁場千葉県山武郡片貝村の南方一里足らずの浜辺に沿った淋しい漁村である。

九十九里浜は千葉県銚子のさきの外川の突端から南方太東岬《たいとうみさき》に至るまで、殆《ほとん》ど直線に近い大弓状の曲線を描いて十数里に亙《わた》る平坦《へいたん》な砂浜の間、眼をさえぎる何物も無いような、太平洋岸の豪宕《ごうとう》極まりない浜辺である。その丁度まんなかあたりに真亀の海岸は位する。

私は汽車で両国から大網駅までゆく。ここからバスで今泉という海岸の部落迄《まで》まっ平らな水田の中を二里あまり走る。五月頃《ごろ》は水田に水がまんまんと漲《みなぎ》っていて、ところどころに白鷺《しらさぎ》が下りている。白鷺は必ず小さな群を成して、水田に好個の日本的画趣を与える。私は今泉の四辻の茶店に一休みして、又別な片貝行のバスに乗る。そこからは一里も行かないうちに真亀川を渡って真亀の部落につくのである。部落からすぐ浜辺の方へ小径《こみち》をたどると、黒松の防風林の中へはいる。妻の逗留《とうりゅう》している親戚《しんせき》の家は、此《こ》の防風林の中の小高い砂丘の上に立っていて、座敷の前は一望の砂浜となり、二三の小さな漁家の屋根が点々としているさきに九十九里浜の波《なみ》打際《うちぎわ》が白く見え、まっ青な太平洋が土手のように高くつづいて際涯《さいはて》の無い水平線が風景を両断する。

午前に両国駅を出ると、いつも午後二三時頃此の砂丘につく。私は一週間分の薬や、菓子や、妻の好きな果物などを出す。妻は熱っぽいような息をして私を喜び迎える。私は妻を誘っていつも砂丘づたいに防風林の中をまず歩く。そして小松のまばらな高みの砂へ腰をおろして二人で休む。五月の太陽が少し斜に白い砂を照らし、微風は海から潮の香をふくんで、あおあおとした松の枝をかすかに鳴らす。空気のうまさを満喫して私は陶然とする。丁度五月は松の花のさかりである。黒松の新芽ののびたさきに、あの小さな、黄いろい、俵のような、ほろほろとした単性の花球がこぼれるように着く。

松の花粉の飛ぶ壮観を私は此の九十九里浜の初夏にはじめて見た。防風林の黒松の花が熟する頃、海から吹きよせる風にのって、その黄いろい花粉が飛ぶさまは、むしろ恐しいほどの勢である。支那の黄土をまきあげた黄塵《こうじん》というのは、素《もと》より濁って暗くすさまじいもののようだが、松の花粉の風に流れるのは其《そ》の黄塵をも想像させるほどで、ただそれが明かるく、透明の感じを持ち、不可言の芳香をただよわせて風のまにまに空間を満たすのである。さかんな時には座敷の中にまでその花粉がつもる。妻の浴衣《ゆかた》の肩につもったその花粉を軽くはたいて私は立ち上る。妻は足もとの砂を掘ってしきりに松露の玉をあつめている。日が傾くにつれて海鳴りが強くなる。千鳥がついそこを駈《か》けるように歩いている。

智恵子の切抜絵

精神病者に簡単な手工をすすめるのはいいときいていたので、智恵子が病院に入院して、半年もたち、昂奮《こうふん》がやや鎮静した頃《ころ》、私は智恵子の平常好きだった千代紙を持っていった。智恵子は大へんよろこんで其《それ》で千羽鶴を折った。訪問するたびに部屋の天井から下っている鶴の折紙がふえて美しかった。そのうち、鶴の外にも紙《かみ》燈籠《どうろう》だとか其《その》他の形のものが作られるようになり、中々意匠をこらしたものがぶら下っていた。すると或時《あるとき》、智恵子は訪問の私に一つの紙づつみを渡して見ろという風情《ふぜい》であった。紙包をあけると中に色がみを鋏《はさみ》で切った模様風の美しい紙細工が大切そうに仕舞ってあった。其を見て私は驚いた、其がまったく折鶴から飛躍的に進んだ立派な芸術品であったからである。私の感嘆を見て智恵子は恥かしそうに笑ったり、お辞儀をしたりしていた。

その頃は、何でもそこらにある紙きれを手あたり次第に用いていたのであるが、やがて色彩に対する要求が強くなったと見えて、いろ紙を持って来てくれというように買って送った。私は早速丸の内のはい原へ行って子供が折紙につかういろ紙を幾種か買って送った。智恵子の「仕事」がそれから始まった。看護婦さんのいうところによると、風邪《かぜ》をひいたり、熱を出したりした時以外は、毎日「仕事」をするのだといって、朝からしきりと切紙細工をやっていたらしい。鋏はマニキュアに使う小さな、尖端《せんたん》の曲った鋏である。その鋏一丁を手にして、暫《しばら》く紙を見つめていてから、あとはすらすらと切りぬいてゆくのだという事である。模様の類は紙を四つ折又は八つ折にして置いて切りぬいてから紙をひらくと其処にシムメトリイが出来るわけである。そういう模様に中々おもしろいのがある。はじめは一枚の紙で一枚を作る単色のものであったが、後にはだんだん色調の配合、色量の均衡、布置の比例等に微妙な神経がはたらいて来て紙は一個のカムバスとなった。十二単衣《ひとえ》に於《お》ける色襲《がさ》ねの美を見るように、一枚の切抜きを又一枚の別のいろ紙の上に貼《は》りつけ、その色の調和や対照に妙味尽きないものが出来るようになった。或《あるい》は同色を襲ねたり、或は近似の色で構成したり、或は鋏で線だけ切って切りぬかずに置いたり、いろいろの技巧をこらした。此《こ》の切りぬかずに置いて、其を別の紙の上に貼ったのは、下の紙の色がちらちらと上の紙の線の間に見えて不可言の美を作る。智恵子は触目のものを手あたり次第に題材にした。食膳《しょくぜん》が出ると其の皿の上のものを紙でつくらないうちは箸《はし》をとらず、そのため食事が遅れて看護婦さんを困らした事も多かったらしい。千数百枚に及ぶ此等の切抜絵はすべて智恵子の詩であり、抒情《じょじょう》であり、機智であり、生活記録であり、此世への愛の表明である。此を私に見せる時の智恵子の恥かしそうなうれしそうな顔が忘れられない。

「悲しみは光と化す」

草野心平

光太郎智恵子はたぐひなき夢をきづきてむかし此所に住みにき

高村さんがそのようにうたったアトリエは戦災で焼失して、その跡には平家建ての家がたち現在は他の人が住んでいる。

——私は口をむすんで粘土をいぢる。

——智恵子はトンカラ機《はた》を織る。

その、本郷駒込林町二十五番地にあったアトリエは明治四十五年に出来上って高村さんの独居自炊がはじまった。当時長沼姓だった智恵子さんは、新築の祝いにグロキシニヤの大鉢《おおばち》を持って訪ねていった。そして大正三年から正式に二人の同棲《どうせい》がはじまった。

大谷石のだんだんをあがると赤煉瓦《あかれんが》のタタキがあり、正面の岩丈な樫《かし》の扉《とびら》には古びた紐《ひも》がさがっている。それをひっぱると中で鉄の螺線《らせん》がカラカランと音をたてる。するとアトリエの内部に足音がして左側にある矩形《くけい》のガラス窓のうしろにある黒いカーテンがひらかれて高村さんの顔がこっちを見てホウというような声をたてると、またカーテンがしまる。そして金属のガチッという音がして正面の重たい扉が内側にひらく。いつもこの順序だった。留守の時はガラス窓に白墨で out と書いてあった。森閑として氤氳《いんうん》。

内部はいつもそのような気配だった。そこには厲《はげ》しいがまた静かな、内燃している生活があった。

高村さんが「粘土をいぢる」のは無論アトリエでだが、そこには明るいというよりは寺院の内部を思わせるような、むしろひややかな暗さがあった。天井からは大きな蜂《はち》の巣や石膏《せっこう》の女の脚がぶらさがっていたり、壁には上高地の油絵、床には鉄の燭台やストーヴや雑多な椅子《いす》や銅の火鉢や南部鉄瓶《てつびん》、樫の角机、蓄音器は籐《とう》の寝椅子の傍の黒いカーテンにかくれてあった。そして全体のスペースの半分以上もとって、布をかぶった石膏の彫刻たちが、よごれた樹氷の塊のように並んでいた。智恵子さんが亡《な》くなってからは来客との応接は玄関傍《わ》きの小部屋に移ったが、それ以前は工房のなかが客との話の場だった。

アトリエで話していると機を織る音がきこえたりすることがあった。そういう時は智恵子さんのいることがはっきりするが、いるかいないか分らないようなしずけさがいつもだった。客がいるときも大概の場合は姿を出さない。アトリエのドアがスウッとあいて、そこから南部鉄瓶だけが差しだされる。だから見えるのは智恵子さんの手首だけである。それを高村さんが受けとって銅の火鉢のごとくに置く。その火鉢の側にはこれも岩丈で丈の低い厚板の卓子《テーブル》があって茶具類がのっかっている。いつかそこで智恵子さんも一緒に胡麻塩《ごましお》のおにぎりを食べたことがあったが、多分二人での食事もそこでだったろうと思う。もっとも正月に御雑煮を御馳走《ごちそう》になったのは高村さんが木彫をやるときに使っていた畳敷きの部屋だったが、そういう時にも智恵子さんは言葉すくなく、話は語尾が消えてゆきそうで聞きとりにくかった。けれども何んか内から沸くように言葉が次々にほとばしり出るような場合もあった。

その時は乗馬の話からはじまってセザンヌに移っていったときだったが、日頃《ひごろ》セザンヌに傾倒していた智恵子さんは、思いがけない熱っぽさで絵のことに就《つ》いて話された。語尾が消えそうになるとジェスチュアがそれにかわった。普段のあの無口な静謐《せいひつ》のなかで、夢は白い炎をあげて燃えているのだなということを私は初めてジカに感得した思いだった。

智恵子さんの顔はギリシャと東洋とを入りまぜたような、なんかそういう感じのする、丸味をおびた雪の顔だちだった。家のなかにいるときは大抵はズボンとスェターという、戦争前には殆《ほと》んど見られなかった身なりをしていたが、それが似合った。フランスの田舎の主婦でもかぶりそうな、レースのついた白い帽子がオカッパ型の髪の上にのっかっていた。

智恵子さんが「トンカラ機《はた》を織る」のは二階でだった。この二階は丸太の梁《はり》のむきだしのガランとしたところだった。そこの主人公はトンカラ機でデンとしていた。北の壁ぎわにベッドがあった。西の片隅《かたすみ》からは八十度直線の木梯子《きばしご》があり、それを登ると三角形の屋根裏になりそのスペース一杯に、そこにもベッドがあった。それから両方のベッドに泊めてもらったことがあったが、考えてみると永い年月の間、ずいぶん色々厄介《やっかい》をおかけしたものだったと今になってつくづく思う。

智恵子さんが蜜柑《みかん》箱に新聞紙を敷いて米をつめてくだすったのを、私はイガミの権太《ごんた》の恰好《かっこう》よろしく、そいつをかかえて帰ったときのことも思い出されるし、麻布十番で屋台の焼きとり屋開店の日には、椅子がわりに林檎《りんご》箱などを三つ四つ智恵子さんからもらって、それを自転車のうしろにゆわいつけて飛ばしたりした。

新宿の紀伊国屋裏に古びた家があって、人の住んでいないような大きな門前の石畳のところが空《あ》いていた。麻布十番で半年程やったあと、屋台をそこにひっぱってきて据《す》えおきにした。或《あ》る晩、よしず張りののれんの間から鳥打帽がぬうっと出て高村さんが現われた。続いて智恵子さん。油のしみた紺のごつい前垂れをしめて私はコンロを渋団扇《うちわ》であおいでいた。高村さんは度々だったが、智恵子さんはその時が初めてだった。不意に現われたので吃驚《びっくり》している私に、智恵子さんはただ微笑《ほほえ》んだだけだった。五六本あがると、無口な智恵子さんとしては珍らしくきっぱりと

「タレを見せて下さい」

といった。私はカメを斜めにした。智恵子さんはのぞきこむようにして見ていたが

「ほう、おいしそう」

と、また感心したような声でいった。

この時が、それまでと変りのない智恵子さんを見た最後だった。

高村さんが十六ミリ映写機を手に入れて、それに凝ったことがあった。というよりは凝ろうとして凝れる環境がなくなり僅《わず》かに光雲翁《おう》や智恵子さんを撮ったに過ぎなかったのだが、映画撮影の夢は高村さんにとっては一つの題目になっていた。それが智恵子さんの入院などで没頭出来ない羽目になっていた。私が見せてもらった十六ミリの一とコマは真亀納屋の九十九里浜での智恵子さんのものだった。

薄暗くなったアトリエの硝子《ガラス》窓ぎわにたって高村さんは、フィルムを縦にのばして見せてくれた。私は近よってそのひとコマひとコマを見下していった。松林がある。砂丘がそこからなだらかに傾斜しているそのまんなかへんに小さい黒い人影が一つある。フィルムの上から下までがその黒い人影の極《ご》く緩慢な動作、ただそれだけだった。

空がなんとなく暗いのは、まるで黄塵《こうじん》のようだという松の花粉のせいだろうか。

黄色い微塵《みじん》の散乱と海、豪宕《ごうとう》な背景である。

「ここんところで千鳥と遊んだり、鳴き合ったり……光太郎智恵子光太郎智恵子と独りでさえずるように……」

高村さんが説明する。私はそれをきいて智恵子という音《おん》が千鳥の鳴き声に思えるような錯覚におちいったりした。

去年の九月、私は或る用事のために初めて真亀納屋に行った。智恵子さんが転地していた筈《はず》の場所の極く近くはアメリカの基地になっていて、砲身にchohcho sanと白く書いてある戦車が村の道路を音たてて通ったりしていた。松林の中の漁師の家のいくつかはパンパン宿にかわっていて、智恵子さんが療養していた家の在り処《か》をたしかめるまでは随分時間がかかった。七十歳を過ぎた老婆が、結局は私たちを案内してくれたのだが、そこは松の林もそんなに古くはなく下はいちめんの雑草で家の土台の跡もなく木片一つ落ちていなかった。（それは智恵子さんの妹さんのせつ子夫妻の家だったらしいが、そこを売り払って現在は片貝町の駅近くに住んでいられる。後で私たちはその家を訪ねた。そしてせつ子さんのとついだ斎藤家で現在も所持していられる高村さんと智恵子さんの往復書簡を見せてもらった。精神が分

裂してからも智恵子さんはそれらの愛の書簡を大事に手離さなかったものらしい）

私が最後に智恵子さんにお会いしたのは「海岸からアトリエに引きとった」時期であった。

アトリエで高村さんと話していると、いつものドアが、それこそ音もなくあいた。瞬間私は腰がピクつくように浮きあがった。その私の異状を見てとった高村さんは、直ぐたちあがった。

さんばら髪の智恵子さんが放心状態でアトリエの空間をただ凝視している。高村さんは智恵子さんの肩に手をかけて、無言のまま、しずかにつれていったが、しばらくはもどって来なかった。物音もなかった。

それが私にとっては、人間の半分を失った智恵子夫人を見た最初であり最後でもあった。

白い青い、それは現代の、生きてる凄烈《せいれつ》な観音立像のようであった。

智恵子さんのゼームス坂病院での生活は三年八ヶ月だったが、その間の高村さんの内部の苦しみは大変だったろうと思われる。

それは何年の何月頃だったか、その年月ははっきりしないが、或る日の夕方近く、私の勤めていたT新聞社に高村さんから電話がかかってきた。

「是非会いたいんだけど、都合のいいところ、銀座のどこでも……」

と受話器の耳もとに高村さんの声。

「服部《はっとり》の裏の、御存じかしら、デスペラという喫茶店ともバアともつかないとこ」

「探せば分ります。仕事はすませて、何時頃？」

「あと一時間位で行けます」

高村さんから電話がかかってくることなどはまるでなかった。何んの用事だろう、何《いず》れにしても飲むことにはなるだろう。私は浮き浮きして電車通りへの道を急いだ。デスペラにはいると、高村さんは入口の方に向っていてテーブルにはビールが二本のっかっていた。客は高村さんだけで、奥の方にその家の肥《ふと》ったマダムとその女友達が笑いながら話していた。

怒ってるような悲しいような表情だった。薄暗い店だがそれが分った。私は微笑しながら近づいていった筈なのだが一瞬、私は息がつまるような気持ちになった。高村さんは私の手をギクッと握ると、いきなり

「ね、君、僕はどうすればいいの、智恵子が死んだらどうすればいいの？　僕は生きられない。智恵子が死んだら僕はとても生きてゆけない。どうすればいいの？　え？」

泪《なみだ》をふくんだ怒りのような高い語声がビンビン私を打った。咄嗟《とっさ》のことに茫然《ぼうぜん》となり私は返事も出来ない。

「ね、僕は一体どうすればいいの？　僕の仕事だって、智恵子が死んだら、誰《だれ》一人見てくれるものがないじゃないの？」

高村さんと向いあってはいるが、私は黙ったまま眼をつぶっていた。

こんな激越な語調をきいたのは、それまでの十数年間に一度もないことであった。それは想像を絶することがらだった。

以前私が前橋に住んでいた頃岸田劉生が死んだ。その時高村さんからハガキがきた。

「今日劉生が死んだ。俺《おれ》は腹がたって今夜は眠れそうもない」ただそれっきりの文面だったが、書信で「俺」などと書かれたのは、その時があとにもさきにも一度きりだった。劉生を悼《いた》む厲《はげ》しい残念さが文面にあふれているが、それよりもデスペラでの、眼の前に見る高村さんの痛切はたえられない程のものだった。もともと自分のことは余り言わない人である。きけばほんの少しポツリポツリ話すけれども自分からすすんで言うことは滅多にない。雄弁になるときもあるにはあるが、それは自分と一般とがからみあった場合が多く、私事はいつでも心の底に沈めておく。

「やかましい！」

突然、高村さんはうしろを振向いてそう怒鳴った。斜めうしろの卓子でマダムとはすっぱな中年増《ちゅうどしま》がゲラゲラ笑いながらしゃべっていたことは私もにがにがしく思っていた。

普通ならば怒鳴るのは私だったし、今夜の場合は怒鳴ることで高村さんへの一つの意志の表示にはなった筈だが怒鳴る程の理由にはならないので黙っていた。そしてまた普通ならば、あたりがどんなに喧《やかま》しくっても、高村さんの場合そのような態度に出ることは、絶対といっていい程なかったことだし、だまって河岸《かし》をかえるのが先《ま》ずオチだった。

総《すべ》てが動転していた。

その日ゼームス坂病院に智恵子さんを見舞っての帰りだったことは少しあとで知

ったのだが、病状の悪化に悲しみは煮えかえり自らを統御するすべがなかったのにちがいない。動転ではなくて正当なのだ。あんまり正当すぎるのだと思うと猶更《なおさら》私は口をきくことが出来なかった。動転しているのはむしろ私だった。一緒に楽しく飲める。そんなような気持ちできた私はいきなり一撃を喰《く》らったのだ。がんじがらめにされた内部を悲しみは針の束になってもぐりあるく、その苦しさが吐け口を求めたのだ。あんまりすぎるギリギリのその涯《はて》だったのにちがいない。

「とてもあのまま、家へは帰れなかった。恐しくって辛《つら》くって……」

しばらく過ぎて、少しおちついてから高村さんはそういった。

やがて私たちは河岸をかえた。それから何を話しどのように飲みどのようにして別れたか、まるで記憶がないところをみると、いつものように結局は私がうんと酔っぱらってしまったのだろうと思う。そして高村さんは、誰もいないあのガランとしたアトリエに、遂《つい》に、帰っていった。帰るのが恐しくって辛くって、と思う場所以外には高村さんの帰る場所はなかった。高村さんの内部に針の束をもぐらせ、また高村さんを慰めるたった一人の存在の、両方ともが一緒にいる、少くともその影だけはいるだろうたった一つの場所だったのだから。

私は一度も病院に見舞ったことがないので、病院での智恵子さんの生活は知る由《よし》もなかったが、亡《な》くなられてからの高村さんの回想文などでだんだんそれが分ってきた。智恵子さんを看護した姪《めい》の宮崎春子さんの文章を左に引用したい。そこから、高村さんと智恵子さんの心の生活をかいま見ることが出来るだろうから。

「朝食が済んで仕舞うと智恵子伯母様の一日の紙絵のお仕事がはじまる。……マニキュアに使う小さな鋏《はさみ》など、紙絵制作の素材道具を静かに取り出しはじめる。……今日はどんなものをおつくりなさるかしらと思うけれど、傍へいって見たりすると、ひどくお叱《しか》りなさるから、少し離れてチラリ見るくらい。……ある日千葉県九十九里浜の親戚《しんせき》から平家《へいけ》蟹《がに》を沢山いただいた時、四五匹を盆にのせて伯母様におみせしたら、とても喜ばれて、中でも見事な一匹をとられた。その夜は十一時頃まで一心につくられて、蟹を食べ終ったのは十二時を過ぎ、傍で私は居眠りをして仕舞った。こうして紙絵は一枚一枚と大切に押入へしまわれて、伯父様がおいでになられた時だけお見せするのであった。……伯母様は押入からうやうやしく紙絵作品を出しておお目にかける。『ほう』と伯父様は美しさにおどろきながら御覧になる。傍で伯母様は目を細めて嬉《うれ》しげに、何度も何度もお辞儀をしては伯父様を見ていられる。こうして時間は僅か十分か二十分位で終ってお帰りになられるのだが伯母様は『私も一緒につれていって』とせがんでいつも伯父様を困らせた。ドアを開けたまま、いつまでもいつまでも伯父様を慕って立っている伯母様にいつか私も涙ぐむのであった。……」

そのような生活のはてに智恵子さんは亡くなられた。智恵子さんが亡くなられた頃の高村さんの悲しみに、今私はふれたくない。

けれどもだんだん「あなたはまだゐる其処《そこ》にゐる　あなたは万物となつて私に満ちる」ようになり、そして戦後山に入ってからの「元素智恵子」その他の作品は悲しみを光と化した二人の魂の生活を私たちに知らしてくれた。

智恵子の裸形をわたくしは恋ふ。
つつましくて満ちてゐて
星宿のやうに森厳で
山脈のやうに波うつて

いつでもうすいミストがかかり、
その造型の瑪瑙《めなう》質に
奥の知れないつやがあつた。
智恵子の裸形の背中の小さな黒子《ほくろ》まで
わたくしは意味ふかくおぼえてゐて、
今も記憶の歳月にみがかれた
その全存在が明滅する。
わたくしの手でもう一度、
あの造型を生むことは
自然の定めた約束であり、
そのためにわたくしに肉類が与へられ、
そのためにわたくしに畑の野菜が与へられ、
米と小麦と牛酪《バター》とがゆるされる。
智恵子の裸形をこの世にのこして
わたくしはやがて天然の素中《そちゆう》に帰らう。

十和田湖畔に建ったモニュマンの顔は智恵子さんそっくりといっていい。智恵子さんとはまるっきり別なモデルを使って出来上ったものだが、顔は智恵子さんである。といってからだと貌《かお》とはばらばらではない。裸像には智恵子さんのエスプリがながれている、というのが間違いならば、高村さんと智恵子さんとの一身同体的な魂が裸像の中核でありそれが指のさきまでも溢《あふ》れているといった方がより適切であるかもしれない。

高村さんはあのモニュマンによって「智恵子の裸形をこの世にのこし」たと思えるのだが、「天然の素中に帰らう」というにはまだ早い。高村さんの仕事への願望は切実であり、私たちの高村さんへの期待はいよいよ大きい。

けれどもきのうきょうの高村さんの容体は大変悪く、それはむごい程痛々しい。高村さんはいま故中西利雄さんのアトリエで絶対安静の仰臥《ぎょうが》をつづけている。私が通いだしてからもう九日になるが一進一退で光はまだ見えない。この一文を書いているのも、アトリエから中庭を十間程へだてた中西家の座敷でである。回復をのみ祈る以外に、私たちには今、何も出来ない。

一九五六・三・二九。雨。

以上の文章を書いて三日目の真夜中、四月二日午前三時四十五分、高村さんは遂に亡くなった。


アトリエの屋根に雪が。

しししししししふりつもり。

七尺五寸の智恵子さんの裸像がビニールをかぶつて淡い灯をうけ夜は更《ふ》けます。

フラスコのなかで泡《あわ》だつ酸素。


「そろそろ死に近づいてゐるね」

それからしばらくして。

「アダリンを飲まう」

ガラス窓《ど》の曇りをこすると。
紺がすりの雪。
そしてもう。
それからあとは言葉はなかつた。

智恵子の裸形をこの世にのこして。
わたくしはやがて天然の素中に帰らう。

裸像のわきのベッドから。
青い炎の棒になつて高村さんは。
天然の素中に帰つてゆかれた。
四月の雪の夜に。
しんしん冷たい April fool の雪の夜に。

その日の夕方私は、朝日新聞のために「高村光太郎死す」という右掲の詩を書いた。

四日午後一時から青山斎場で葬儀が行われ、それから遺骸《いがい》は落合火葬場に運ばれた。そして間もなく、不世出の巨人はとうとう白い無機物になった。

覚え書

新潮文庫の一冊として智恵子抄を上梓《じようし》することは前々から話があったが、本当に決ったのは三月二十三日だった。その時居合わせたのは高村豊周夫妻、中西夫人、新潮社佐野氏、私などであった。

その後高村さんがなくなられてから遺稿を整理していると未発表の作品や雑誌には発表されたが、既刊の単行本には収録されたことのない作品が相当数あり、智恵子さんに関聯《かんれん》したものも数種発見された。それらもこの『智恵子抄』には総《すべ》て収録した。「金」「松庵寺」「智恵子と遊ぶ」「報告」などがそれである。なお従来の『智恵子抄』に載っていた「或る日の記」はそれは智恵子さんとの関聯が詩の中心をなしていないので故意にはぶいた。

作品は年代順に配列したが、それらは結婚前の恋愛時代から智恵子さんの死に至るまで、続いて死後に亙《わた》っている。つまり智恵子さんの一生と高村さんの一生と、二人が知り合ってからの全生涯《ぜんしょうがい》を貫く、これは稀有《けう》な愛の詩集である。

一九五六年

改訂覚え書

本文庫版『智恵子抄』が上梓されたのは十一年前で、いままで度々版を重ねてきたが、このたび改訂版を出すことになった。それは従来本書に収録されていた作品に「涙」「からくりうた」「梟の族」「淫心」などが新たに加えられたことからである。また、「或る日の記」は前の「覚え書」で述べているような理由ではぶかれていたが、改めてこれも入れた。これで光太郎の智恵子に関する詩作品は全部網羅《もうら》されたことになる。編者としては漸《ようや》くすっきりした気持である。

一九六七年六月二日

草野心平

伊藤信吉編　高村光太郎詩集

処女詩集「道程」から愛の詩編「智恵子抄」を経て、晩年の「典型」に至る全詩業から精選された百余編は、壮麗な生と愛の讃歌である。

石川啄木著　一握の砂・悲しき玩具
—石川啄木歌集—

処女歌集「一握の砂」と第二歌集「悲しき玩具」。貧困と孤独の中で文学への情熱を失わず、歌壇に新風を吹きこんだ啄木の代表作。

神西清編　北原白秋詩集

官能と愉楽と神経のにがき魔睡へと人々をいざなう異国情緒あふれる「邪宗門」など、豊麗な言葉の魔術師北原白秋の代表作を収める。

斎藤茂吉著　赤光

「おひろ」「死にたまふ母」。写生を超えた、素朴で強烈な感情のほとばしり。近代短歌を確立した、第一歌集『初版・赤光』を再現。

島崎藤村著　藤村詩集

「千曲川旅情の歌」「椰子の実」など、日本近代詩の礎を築いた藤村が、青春の抒情と詠嘆を清新で香り高い調べにのせて謳った名作集。

吉田凞生編　中原中也詩集

生と死のあわいを漂いながら、失われて二度とかえらぬものへの想いをうたいつづけた中也。甘美で哀切な詩情が胸をうつ。

上田敏訳詩集　海潮音

ヴェルレーヌ、ボードレール、マラルメ……ヨーロッパ近代詩の翻訳紹介に力を尽し、日本詩壇に革命をもたらした上田敏の名訳詩集。

河上徹太郎編　萩原朔太郎詩集

孤独と焦燥に悩む青春の心象風景を写し出した第一詩集「月に吠える」をはじめ、孤高の象徴派詩人の代表的詩集から厳選された名編。

天沢退二郎編　新編宮沢賢治詩集

自己の心眼と森羅万象との絶えざる交流と融合とによって構築された独創的な詩の世界。代表詩集『春と修羅』はじめ、各詩集から厳選。

谷川俊太郎著　夜のミッキー・マウス

詩人はいつも宇宙に恋をしている――彩り豊かな三〇篇を堪能できる、待望の文庫版詩集。文庫のための書下ろし「闇の豊かさ」も収録。

河盛好蔵編　三好達治詩集

青春の日の悲しい憧憬と、深い孤独感をたたえた処女詩集「測量船」をはじめ、澄みきった知性で漂泊の風景を捉えた達治の詩の集大成。

武者小路実篤著　人生論・愛について

人生を真正面から肯定し、平明簡潔な文章で人間の善意と美しさを表明しつづけてきた著者の代表的評論・随筆を精選して収録する。

芥川龍之介著

羅生門・鼻

王朝の説話物語にあらわれる人間の心理に、近代的解釈を試みることによって己れのテーマを生かそうとした〝王朝もの〟第一集。

芥川龍之介著

地獄変・偸盗《ちゆうとう》

地獄変の屛風を描くため一人娘を火にかけて芸術の犠牲にし、自らは縊死する異常な天才絵師の物語「地獄変」など〝王朝もの〟第二集。

芥川龍之介著

蜘蛛《くも》の糸・杜子春

地獄におちた男がやっとつかんだ一条の救いの糸をエゴイズムのために失ってしまう「蜘蛛の糸」、平凡な幸福を讃えた「杜子春」等10編。

芥川龍之介著

奉教人の死

殉教者の心情や、東西の異質な文化の接触と融和に関心を抱いた著者が、近代日本文学に新しい分野を開拓した〝切支丹もの〟の作品集。

芥川龍之介著

戯作三昧・一塊《いっかい》の土

江戸末期に、市井にあって芸術至上主義を貫いた滝沢馬琴に、自己の思想や問題を託した「戯作三昧」、他に「枯野抄」等全13編を収録。

芥川龍之介著

河童・或阿呆《あるあほう》の一生

珍妙な河童社会を通して自身の問題を切実にさらした「河童」、自らの芸術と生涯を凝縮した「或阿呆の一生」等、最晩年の傑作6編。

川端康成著

雪国

ノーベル文学賞受賞

雪に埋もれた温泉町で、芸者駒子と出会った島村——ひとりの男の透徹した意識に映し出される女の美しさを、抒情豊かに描く名作。

川端康成著

伊豆の踊子

伊豆の旅に出た旧制高校生の私は、途中で会った旅芸人一座の清純な踊子に孤独な心を温かく解きほぐされる——表題作等4編。

川端康成著

掌の小説

優れた抒情性と鋭く研ぎすまされた感覚で、独自な作風を形成した著者が、四十余年にわたって書き続けた「掌の小説」122編を収録。

川端康成著

山の音

野間文芸賞受賞

得体の知れない山の音を、死の予告のように怖れる老人を通して、日本の家がもつ重苦しさや悲しさ、家に住む人間の心の襞を捉える。

川端康成著

眠れる美女

毎日出版文化賞受賞

前後不覚に眠る裸形の美女を横たえ、周囲に真紅のビロードをめぐらす一室は、老人たちの秘密の逸楽の館であった——表題作等3編。

川端康成著

千羽鶴

志野茶碗が呼び起こす感触と幻想を地模様に、亡き情人の息子に妖しく惹かれ崩壊していく中年女性の姿を、超現実的な美の世界に描く。

幸田文著

父・こんなこと

父・幸田露伴の死の模様を描いた「父」。父と娘の日常を生き生きと伝える「こんなこと」。偉大な父を偲ぶ著者の思いが伝わる記録文学。

幸田文著

流れる

新潮社文学賞受賞

大川のほとりの芸者屋に、女中として住み込んだ女の眼を通して、華やかな生活の裏に流れる哀しさはかなさを詩情豊かに描く名編。

幸田文著

おとうと

気丈なげんと繊細で華奢な碧郎。姉と弟の間に交される愛情を通して生きることの寂しさを美しい日本語で完璧に描きつくした傑作。

幸田文著

木

北海道から屋久島まで訪ね歩いた木々との交流の記。木の運命に思いを馳せながら、鍛え抜かれた日本語で生命の根源に迫るエッセイ。

幸田文著

きもの

大正期の東京・下町。あくまできものの着心地にこだわる微妙な女ごころを、自らの軌跡と重ね合わせて描いた著者最後の長編小説。

小林多喜二著

蟹工船・党生活者

すべての人権を剝奪された未組織労働者のストライキを描いて、帝国主義日本の断面を抉る「蟹工船」等、プロレタリア文学の名作2編。

谷崎潤一郎著
痴人の愛

主人公が見出し育てた美少女ナオミは、成熟するにつれて妖艶さを増し、ついに彼はその愛欲の虜となって、生活も荒廃していく……。

谷崎潤一郎著
春琴抄

盲目の三味線師匠春琴に仕える佐助は、春琴と同じ暗闇の世界に入り同じ芸の道にいそしむことを願って、針で自分の両眼を突く……。

谷崎潤一郎著
猫と庄造と二人のおんな

一匹の猫を溺愛する一人の男と、二人の若い女がくりひろげる痴態を通して、猫のために破滅していく人間の姿を諷刺をこめて描く。

谷崎潤一郎著
少将滋幹《しげもと》の母

時の左大臣に奪われた、帥の大納言の北の方は絶世の美女。残された子供滋幹の母に対する追慕に焦点をあててくり広げられる絵巻物。

谷崎潤一郎著
細雪（ささめゆき）
毎日出版文化賞受賞（上・中・下）

大阪・船場の旧家を舞台に、四人姉妹がそれぞれに織りなすドラマと、さまざまな人間模様を関西独特の風俗の中に香り高く描く名作。

谷崎潤一郎著
鍵・瘋癲《ふうてん》老人日記
毎日芸術賞受賞

老夫婦の閨房日記を交互に示す手法で性の深奥を描く「鍵」。老残の身でなおも息子の妻の媚態に惑う「瘋癲老人日記」。晩年の二傑作。

太宰治著
晩年
妻の裏切りを知らされ、共産主義運動から脱落し、心中から生き残った著者が、自殺を前提に遺書のつもりで書き綴った処女創作集。

太宰治著
斜陽
〝斜陽族〟という言葉を生んだ名作。没落貴族の家庭を舞台に麻薬中毒で自滅していく直治など四人の人物による滅びの交響楽を奏でる。

太宰治著
ヴィヨンの妻
新生への希望と、戦争の後も変らぬ現実への絶望感との間を揺れ動きながら、命をかけて新しい倫理を求めようとした文学的総決算。

太宰治著
津軽
著者が故郷の津軽を旅行したときに生れた本書は、旧家に生れた宿命を背負う自分の姿を凝視し、あるいは懐しく回想する異色の一巻。

太宰治著
人間失格
生への意志を失い、廃人同様に生きる男が綴る手記を通して、自らの生涯の終りに臨んで、著者が内的真実のすべてを投げ出した小説。

太宰治著
走れメロス
人間の信頼と友情の美しさを、簡潔な文体で表現した「走れメロス」など、中期の安定した生活の中で、多彩な芸術的開花を示した9編。

新潮文庫最新刊

朝吹真理子著
TIMELESS
お互い恋愛感情をもたないうみとアミ。ふたりは〝交配〟のため、結婚をした——。今を生きる人びとの心の縁《よすが》となる、圧巻の長編。

安部公房著
飛ぶ男
安部公房の遺作が待望の文庫化！ 飛ぶ男の出現、2発の銃弾、男性不信の女、妙な癖をもつ中学教師。鬼才が最期に創造した世界。

西村京太郎著
土佐くろしお鉄道殺人事件
宿毛へ走る特急「あしずり九号」で起きたコロナ担当大臣の毒殺事件を発端に続発する事件。しかし、容疑者には完璧なアリバイがあった。

紺野天龍著
幽世《かくりよ》の薬剤師6
感染怪異「幽世の薬師」となった空洞淵は金糸雀を救う薬を処方するが……。現役薬剤師が描く異世界×医療×ファンタジー、第1部完。

J・バブリッツ
宮脇裕子訳
わたしの名前を消さないで
殺された少女と発見者の女性。交わりえないはずの二人の孤独な日々を死んだ少女の視点から描く、深遠なサスペンス・ストーリー。

浅倉秋成・大前粟生
新名智・結城真一郎
佐原ひかり・石田夏穂
杉井光著
嘘があふれた世界で
嘘があふれた世界で、画面の向こうにいる特別なあなたへ。最注目作家7名が〝今を生きる私たち〟を切り取る競作アンソロジー！

智《ち》恵《え》子《こ》抄《しよう》

新潮文庫　た-4-2

昭和三十一年七月十五日 発行
平成十五年十一月二十日 百十六刷改版
令和 六 年 三 月二十日 百三十二刷

著者 高《たか》村《むら》光《こう》太《た》郎《ろう》
発行者 佐藤隆信
発行所 株式会社 新潮社
郵便番号 一六二—八七一一
東京都新宿区矢来町七一
電話 編集部(〇三)三二六六—五四四〇
読者係(〇三)三二六六—五一一一
https://www.shinchosha.co.jp

価格はカバーに表示してあります。

乱丁・落丁本は、ご面倒ですが小社読者係宛ご送付ください。送料小社負担にてお取替えいたします。

印刷・錦明印刷株式会社　製本・株式会社植木製本所
Printed in Japan

ISBN978-4-10-119602-2 C0192